Über dieses Buch:

Es sind die vielen kleinen Geschichten, die uns passieren und unsere Tage füllen, während wir auf die großen Ereignisse warten, die irgendwann stattfinden. Oder auch nicht. Und am Ende kommen wir vielleicht darauf, dass es die kleinen Dinge waren, die unser Leben schön gemacht haben und dass sie in Wirklichkeit das Leben waren.

Über die Autorin:

Friederike Steiner wurde am 17. 10. 1941 in Großpetersdorf im südlichen Burgenland geboren, wo sie ihre Kindheit und Jugend verbrachte. Danach lebte sie viele Jahre in Wien, zeitweise auch in Stockholm, London und Paris. Seit 1978 ist Kärnten ihr Lebensmittelpunkt. Beruflich war sie als Sekretärin und als Arzthelferin tätig. Sie hat zwei erwachsene Töchter und ein Enkelkind.

Ihr erster Roman „Windhauch" erschien 2005 und erzielte ein beachtlich positives Echo beim Publikum und in den regionalen Medien. Auch ihr Zweitwerk „Lorenz und die Frauen" konnte 2008 an diesen Erfolg anknüpfen.

Friederike Steiner

Die kleinen Geschichten meines Lebens

Geschrieben für meine Freunde

Bibliografische Information der Deutschen Nationalbibliothek

Die Deutsche Nationalbibliothek verzeichnet diese Publikation in der Deutschen Nationalbibliografie, detaillierte bibliografische Daten sind im Internet über http://dnb.d-nb.de abrufbar.

Impressum:

© 2009 Friederike Steiner

Herstellung und Verlag: Books on Demand GmbH, Norderstedt

Umschlaggestaltung, Satz und Layout: B. und G. Haber, CBSC

Coverbild: Foto: Gerlinde Maier

ISBN: 978-3-8370-86508

Die kleinen Geschichten meines Lebens.

Die, die mich geprägt haben.

Die, die vielleicht nachdenklich stimmen.

Die, die mir Vergnügen bereitet haben.

Die Fettnäpfchen, in die ich gehüpft bin.

Die, über die man eventuell lachen kann.

Die vorerst unerklärlichen Dinge, über die man später lacht.

Und Gedanken, über die man möglicherweise lächeln kann.

Immer wieder sagt man zu mir: „Wieso schreibst du eigentlich immer nur ernste Sachen, du bist ein fröhlicher Mensch, erzählst so lustige Dinge, warum schreibst du nicht einmal darüber?"

Das will ich heute tun. Ich will ein paar kleine Geschichten erzählen, über die ihr vielleicht schmunzeln könnt. Ich will euch erzählen, womit ich mich blamiert und dennoch, oder gerade deswegen, darüber gelacht habe: Denn, wenn man sich selbst zur Zielscheibe seiner Heiterkeit macht, kann man zumindest nicht die Gefühle anderer verletzen.

Vielleicht sind auch ein paar Geschichten dabei, die ich ganz einfach loswerden will. Weil man in einem gewissen Alter vielleicht geschwätzig wird oder weil man andere teilhaben lassen will an Dingen, die einmal schön waren oder weil es gut tut, sich selbst daran zu erinnern. Vielleicht auch, weil ich euch dabei haben will, damit ihr gemeinsam mit mir lächelt über die kleinen Geschichten von den kleinen Dingen meines Lebens.

Ich erzähle die Geschichten nur euch, die ihr mich kennt, denn für andere wären diese unwichtigen Geschehnisse vielleicht gar nicht interessant, so wie man Fotos anschaut von fremden Urlauben, sie sagen nicht viel. Hat man aber selbst dort an diesem Ort glückliche Stunden erlebt oder ist staunend vor einem Bauwerk gestanden, dann ist das Foto ungleich aussagekräftiger.

Also, ihr, die ihr das Büchlein lest, kennt mich alle gut. Ich setze voraus, dass ihr mit mir diese kleinen Alltagsgeschichten miterleben möchtet.

Wo soll ich anfangen? Ganz vorne, einen chronologischen Bericht? Nein, das geht nicht, da müsste ich ja beim Baby anfangen, dem es irgendwann vielleicht peinlich war, in die Windel gemacht zu haben. Aber daran kann ich mich ohnehin nicht mehr erinnern. Ich mache es also so, wie ich bin – irgendwie, ein bisschen chaotisch, wie es mir gerade einfällt.

*

Vielleicht fange ich doch mit den frühen Geschichten an, die mich wirklich geprägt haben.

Meine Eltern gaben sich große Mühe, aus mir einen „anständigen" Menschen zu machen. Vor allem meine Mutter – denn Mütter waren nun einmal in erster Linie für die Erziehung zuständig – versuchte, mir gutes Benehmen und die wichtigsten Tugenden zu vermitteln. Gleich am Anfang stand da Bescheidenheit: „Immer bitte und danke sagen, und wenn dir jemand etwas zu essen anbietet, nicht gleich mit Gier darauf stürzen, das würde ja aussehen, als ob du zu Hause nichts bekommen würdest, bescheiden musst du sein. Wenn man dir wirklich etwas geben will, wird man dich schon ein zweites Mal fragen!" (Wie es meine Mutter immer mit unseren Besuchen tat und jedem alles Verfügbare, das sie in ihrer Speisekammer hatte, aufdrängte.)

Sehr bald kam dann die Stunde, wo ich alles über Bescheidenheit und ihre Folgen kennenlernte. Es muss am Anfang der Volksschulzeit gewesen sein, ich war bei Helga und Ottilie, den beiden Nachbarsmädchen, zu Besuch. Pudding wurde auf den Tisch gestellt. Pudding! Welch Seltenheit in der damaligen Zeit. „Magst du auch einen, Friederl?", fragte die Mutter der beiden Mädchen. Und was habe ich, der das Wasser im Mund schon zusammenlief, jedoch eingedenk der klugen erzieherischen Worte meiner Mutter geantwortet? Nur ganz leise sagte ich: „Nein, danke." Und ich bekam auch keinen. Niemand fragte ein zweites

Mal, niemand sagte so etwas wie: „Aber iss doch, sei nicht schüchtern, der schmeckt gut, du musst essen, bist ohnehin so dünn!", so wie meine Mutter das getan hätte, und ich saß da, sah zu, wie die anderen ihren Pudding löffelten und haderte mit meinem Schicksal.

Damals begriff ich aber auch, dass man sein Schicksal zum Teil selbst bestimmen kann, und ich schwor mir, dass ich nie wieder in meinem Leben „nein, danke" sagen werde, wenn ich „ja, bitte" meine. Daran habe ich mich immer gehalten. Seid also vorsichtig, mir etwas anzubieten, ich könnte auf der Stelle zugreifen.

*

In die Schule ging ich sehr gerne. Bitte verzeiht mir, wenn ich so etwas schreibe, ich weiß, es ist fast unanständig, das zuzugeben. Noch schlimmer war, dass ich gerne gelernt und immer viel im Unterricht gewusst habe, auch bin ich, meistens zumindest, ruhig dagesessen und habe den Lehrern aufmerksam zugehört, anstatt zu schwätzen oder sonstigen Unsinn zu machen. Ich bin genug angefeindet und gehänselt worden wegen dieser Eigenschaften. Zu meiner Entschuldigung muss ich sagen – ich hatte großen Hunger, nicht den körperlichen meine ich, Essen gab es ausreichend zum Sattwerden. Den Hunger nach Wissen meine ich, der war so ausgeprägt, dass mir gar nichts übrig blieb, als alles in mich aufzunehmen, was mir geboten wurde. So wurde ich eine sehr gute Schülerin.

Manche taten sich schwerer. Unter anderem auch eine Schulfreundin, deren Eltern „Lebzelter" waren und eine Konditorei hatten, also der Platz auf Erden, der dem Himmel am nächsten war. Da gab es alle Arten von Süßigkeiten: Zuckerln, Eis, Torten, Schnitten, Lebkuchen (vor allem vor Weihnachten, er wurde damals auf den Christbaum gehängt) und – Schokolade. Schokolade! Schokolade!!! Damals ein paar Jahre nach dem Krieg die Köstlichkeit für mich überhaupt. Das eine oder andere kleine Stückchen davon hatte ich von ganz lieben Menschen schon zu kosten bekommen, aber im täglichen Leben war dafür kein Platz (Platz schon, der wäre an meinem Gaumen gewesen, aber kein Geld).

Ich war nun oft bei dieser Schulfreundin, um mit ihr die Hausaufgaben zu machen und mit ihr zu lernen. Dafür bekam ich dann auch immer ein Häferl Kakao (schmeckte wunderbar) und ein Stück Gugelhupf. Einen blanken Gugelhupf, wie ihn meine Mutter auch machte, ohne etwas darinnen, nichts, das schmeckte wie Schokolade, keine Schokoladecreme, keine Schokoladeglasur, und es lag auch nie nur ein allerkleinstes Stückchen Schokolade am Tellerrand. Und in den Vitrinen der Konditorei lachte mich alles an, was dicke, fette, braune Creme hatte und nach Schokolade schmecken musste. Auch schauten mich in der Vorweihnachtszeit die vielen Lebkuchenfiguren, Engelgesichter und Nikolos an und nie schaffte eine dieser Herrlichkeiten ihren Weg bis zu mir.

Ich beklagte mich bei meiner Mutter über die Ungerechtigkeit in der Welt. Für sie war das Anlass zur Sorge und ihre Bedenken klangen so: „Kind, dort gibt es so viele gute Sachen, die ich dir alle nicht kaufen kann. Bitte, lass dich nicht hinreißen und nimm ja nie auch nur das kleinste Stück. Das wäre Diebstahl und das ist eine ganz unehrenhafte Sache. Man darf nichts nehmen, was einem nicht gehört, nichts, was einem nicht geschenkt wird. Merke dir, man darf nicht stehlen!" Und dann fügte sie noch hinzu: „Man darf nur mit den Augen stehlen. Mache sie auf und lerne. Alles, was dir gefällt, darfst du mit deinen Augen mitnehmen und es für dich behalten!"

Das habe ich dann auch getan, bis heute mache ich das so. Schätze habe ich angehäuft, den halben Louvre habe ich mitgenommen, und die Museen in London und New York, in Wien und in Moskau waren meine Lieferanten. Berge und Seen, Wiesen und Wälder, Menschen, Tiere und schöne Gärten habe ich mit meinen Augen abgelichtet und in mein Seelenalbum getan. Ich bin ein begnadeter Dieb.

*

Ich habe dann doch Bekanntschaft mit Schokolade gemacht, und zwar auch über den Gaumen und nicht nur mit den Augen.

Es war beim Zahnarzt. Ich ging noch in die Volksschule und einer von den hinteren Zähnen (keiner, den man mit einem Faden selbst entfernen konnte) musste gezogen werden. Brav saß ich neben meiner Mutter im Wartezimmer und harrte der Dinge, die da kommen würden. Nach einer Weile hörte man aus dem Behandlungszimmer Weinen und Schreien eines Buben, Zureden seiner Mutter und des Zahnarztes und schließlich Schimpfen und harte Worte. Plötzlich wurde die Tür aufgerissen und ein verweinter Bub und zwei verärgerte Erwachsene erschienen. Einer von ihnen war der Zahnarzt, zu dem ich jetzt hineinging. Schüchtern und ohne etwas zu sagen, setzte ich mich auf den Behandlungsstuhl, öffnete, wie angeordnet, den Mund, und es war eine Angelegenheit von kurzer Dauer, bis der schmerzende Zahn entfernt war. Das war dann auch ein beruhigendes Erlebnis für den Arzt. Er meinte, man hätte den Buben, der viel älter war als ich, hereinholen sollen und dem Feigling, der nicht und nicht den Mund aufgemacht hatte und unverrichteter Dinge abgezogen sei, zeigen sollen, wie tapfer ein kleines Mädchen sein konnte. Und dann gab er mir vor dem Weggehen eine ganze!!! Tafel!!! Schokolade!!! als Belohnung dafür, dass ich so brav gewesen war.

Ihr werdet jetzt denken, ich war immer nur brav (oder ich hätte vergessen oder verdrängt, dass das gar nicht stimmte). Deshalb muss ich hier anmerken, dass ich überhaupt nicht brav war. Ich war ein fürchterliches Zornpinkerl und ich war eine geübte Rauferin. Meine Haare mussten vorne kaum geschnitten werden, sie wurden bei meinen Raufereien immer abgerissen, denn ich fürchtete mich auch nicht vor den großen Buben (mit Mädchen zu raufen machte keinen Spaß, die waren so weinerlich), und da ließ ich dann schon öfter Haarbüschel zurück. (Muss gut für das Nachwachsen sein, denn ich habe heute noch sehr dichte Haare.) Meistens war ich ohnehin die Unterlegene bei den großen Buben, aber zumindest hatten sie Achtung vor mir und wussten, dass ich mir nichts gefallen ließ. Und dass ich keine Angst hatte.

Das war es. Ich hatte keine Angst. Nicht vor den wilden, um einen Kopf größeren Buben in der Nachbarschaft, nicht vor dem Zahnarzt und auch nicht vor Geistern, wie manch unbedarfter Zeitgenosse es uns einreden wollte. Am Anfang meiner Volksschulzeit, noch bevor meine Eltern unser Haus gebaut hatten, wohnten wir nämlich (so wie später auch) außerhalb des Ortes, nur an einer anderen Seite, und zwar war der Friedhof zwischen dem Dorf und dem Personalhaus des Sägewerkes und Ziegelofen, das uns damals als Zuhause diente. Ein Jahr lang hatten wir am Nachmittag Unterricht, unser Schulweg dauerte eine halbe Stunde und auch in der Dunkelheit des Herbstes und Winters mussten wir immer am Friedhof vorbei auf einer Straße ohne Straßenbeleuchtung. Manche

15

Erwachsene (damals wusste man noch nichts von empfindlichen Kinderseelen) fragten uns dann, ob wir denn nicht Angst hätten vor den Toten, die auf Bierfässern durch die Gegend fliegen würden. Bei meiner Nachbarin und Schulfreundin Ottilie (jener, der ich beim Puddingessen zusehen musste) fielen solche und ähnliche Worte auf fruchtbaren Boden und ich musste sie oft an der Hand halten und sie beruhigen, wenn dann im Dunkeln irgendein mysteriöser, nicht gleich identifizierbarer Gegenstand auftauchte, bis auch sie sich von der Harmlosigkeit einer Schneewechte oder eines Verkehrsschildes, das sich beim Näherkommen aus dem Grau des Nebels löste, überzeugen konnte.

An einem anderen Abend im Sommer wurde ich, wie so oft, zum Bauern in das Dorf Milch holen geschickt. Das war immer die Arbeit von uns Kindern, meinem Bruder oder mir. Ich musste lange warten beim Bauern, bis ich endlich meine Kanne mit Milch voll bekam und es war schon finster am Heimweg. Weil es an diesem Abend aber länger als sonst dauerte und ich so lange nicht nach Hause kam, machten sich meine Eltern Sorgen um ihr kleines Mädchen und gingen mich suchen. Am Friedhof vorbei führten aber zwei Straßen, die Hauptstraße und auf der anderen Seite ein Feldweg. Damit sie mich sicher nicht verfehlen würden, gingen Mutter und Vater jeder einen der Wege, trafen mich aber nicht und kamen ziemlich aufgeregt bei den Bauersleuten an, die sagten, ich wäre schon vor einer ganzen Weile weggegangen. In großer Sorge eilten sie nach

Hause, wo ich dann vor der Tür saß und auf sie wartete. „Wo um Himmels willen warst du, wie bist du nach Hause gekommen?" – „Na, durch den Friedhof bin ich gegangen!" Ich erinnere mich heute noch an den schönen Spaziergang durch diesen friedlichen Flecken Erde, einen prachtvollen Sternenhimmel über mir, meine Milchkanne in der Hand, und den Toten habe ich „Weißt du, wie viel Sternlein stehen, an dem blauen Himmelszelt?" vorgesungen.

Damals begriffen meine Eltern, dass ich keine Angst hatte. Sie sagten zwar, dass ich ein tapferes Kind wäre, aber eigentlich stimmte das nicht ganz. Tapfer ist man, wenn man Angst hat und trotzdem eine Situation bewältigt. Ich aber hatte ganz einfach keine Angst.

Vielleicht damals beim Zahnarzt schon, nach all dem Geplärr hinter der Tür der Ordination. Ich glaube, die Schokolade für Tapferkeit habe ich schon zu Recht bekommen. Und dieses Erlebnis hat mich auch geprägt, tapfer zu sein. Denn ich wusste, für Tapferkeit gab es die höchste Belohnung überhaupt, so etwas wie einen Orden, der jedoch besser schmeckte als jede andere Auszeichnung. Bis heute liebe ich Schokolade. Und bis heute habe ich keine Angst vor dem Zahnarzt. Nur die jetzigen Zahnärzte wissen nicht, was sich gehört, im Gegenteil, sie behaupten sogar, Schokolade sei schädlich. Das stimmt gar nicht, wenn das ein Zahnarzt sagt, denn Schokolade ist vielleicht für die Zähne schädlich; aber jeder Zahnarzt, der ehrlich ist, muss zugeben, dass das nicht zu seinem Schaden ist. Und über die Nützlichkeit der Schokolade für die Seele, für mehr Sonne in unserem Leben, darüber wird nicht einmal gesprochen, geschweige denn dass erwähnt wird, wie tapfer uns Schokolade machen kann.

*

Ich glaube, ich bin wirklich ein tapferer Mensch geworden und bin es heute, in fortgeschrittenem Alter, immer noch. Nur vor ganz wenigen Dingen habe ich Angst, eines davon ist: während es schneit, mit dem Auto den Hügel zu meinem Haus hinauf zu fahren. Das ist auch so eine Geschichte. Eigentlich ist der Hügel ja gar nicht so steil, zumindest für andere Menschen – sie fahren auch bei frisch gefallenem Schnee und bleiben meistens nicht stecken. Nur wenn ich bei Schneefall versuche, nach Hause zu fahren, dann streckt sich der Hügel, wird hoch, steil, lang, rutschig und lässt mich nicht heimkommen. Als ich damals, nun schon vor ein paar Jahren, für die etwa 200 Meter von der Kurve beim Krankenhaus bis nach Hause eine halbe Stunde gebraucht habe mit Stecken-bleiben, Zurückfahren, wieder Anlaufnehmen, ein Entgegenkommender mir fast ins Auto gerutscht wäre, knapp dem Blechschaden entgangen, fast schon heroben und dann doch wieder zurück, gegenseitigem Anschieben mit Leidensgenossen, verschwitzt und verstört. Als ich damals mein Auto also in die Garage gestellt hatte, habe ich den Schwur getan, mich nie wieder bei Schneefall bewusst der Gefahr dieses Ungeheuers von einem Hügel auszusetzen. Das halte ich bis heute so, und ihr alle wisst das, und wenn mich jemand belächeln sollte, dann tut ihr das sehr vorsichtig hinter meinem Rücken. Nur bei den jungen Leuten in meiner Familie habe ich bis zum letzten Winter doch manchmal einen kleinen Anflug von einem, zugegeben wohlwollenden, aber nicht immer ganz versteckten Lächeln entdeckt, wenn ich gesagt habe, bei diesem Schneechaos (fängt für mich bei 3 Zentimeter an) bleibt mein Auto in der Garage.

Wie gesagt, bis zum letzten Winter, das war nämlich dieser lange, eisige, mit dem viiiieeelen Schnee, dem immer wieder Schnee. Ja, da schafften es auch die anderen nicht ohne Ketten (ich kann gar nicht Ketten anlegen, und deshalb habe ich auch keine mehr). Als dann wieder so ein schneeträchtiger Tag zu Ende ging und mein Auto trocken und zufrieden in der Garage grunzte und mir dankbar zublinzelte, rief mich eine meiner Töchter an und sagte, sie kämen jetzt zu mir, sie würden gerade von Wien wegfahren. Von Wien bis zu mir nach Frauenstein in Kärnten! „Um Himmels willen! Ganze Ladungen von großen, weißen Fetzen fallen vom Himmel, wollt ihr nicht lieber bis morgen warten?", war meine Reaktion, aber ich hörte das milde Lächeln meiner Tochter durch das Telefon. „Mama, du Schwitzerin, wir sind schon unterwegs. Mike und ich, wir fahren bei jedem Wetter, wir haben ein gutes Auto, gute Reifen, nagelneue Ketten im Kofferraum und sind bergerprobt, Berg sage ich, nicht Hügel!" „Gott wird sie beschützen", dachte ich und beschloss, doch wieder tapfer zu sein, was nicht ganz so schwierig war, wenn die anderen fuhren und nicht ich hinter dem Volant sitzen musste.

Warten. Warten in die Nacht hinein. Dann, nach Stunden, klingelte das Telefon. „Mama, sag uns die Telefonnummer von einem Taxi, man hat uns die falschen Ketten verkauft, die lassen sich nicht montieren." Aufatmen meinerseits. Immerhin, sie sind fast da. Wieder langes, langes Warten. Kein Taxi kommt. Telefonanruf: „Mama, mach dir keine Sorgen (meine Kinder sind nervenschonende Kinder, sie halten meine Sorgen immer so kurz wie möglich), wir sind schon unterwegs, zu Fuß, das Taxi hat es auch nicht geschafft." Schnell die Jacke angezogen, den Kindern entgegengestapft, und da waren sie, mit ihren Koffern kämpften sie sich den Hügel herauf, mit heißen, aber lachenden Gesichtern. Ende gut, alles gut. Auch das Taxi hatte den Hügel nicht bezwungen (ich muss gleich dazu sagen: ein erfahrener Autofahrer, nicht so einer wie ich), hatte es nicht geschafft, Ketten anzulegen in dem tiefen Schnee (angeblich waren sie kaputt), hatte versucht, den Hügel auf der anderen Seite über Zensweg zu fahren, war auch dort gescheitert und hatte seine Fahrgäste dann wieder an den Anfang unseres Hügels knapp oberhalb vom Krankenhaus gebracht. Ich bin rehabilitiert! Wenn so erfahrene Autofahrer wie mein Schwiegersohn, der in den Bergen von Südtirol wie zu Hause ist, auch zu Winterzeiten, wenn ein Taxifahrer, für den das das tägliche Brot sein sollte, vor diesem Hügel kapitulieren müssen, dann bin auch ich pardoniert. Niemand belächelt mich mehr. Jetzt versteht man mich. Endlich dürfen mein Auto und ich uns offiziell vor dem Schnee am Hügel fürchten.

*

Sich blamieren. Das wollen wir alle nicht. Im Laufe der Jahre bleibt es aber keinem erspart. So habe auch ich mir einige Übung angeeignet, in meine Fettnäpfchen zu hüpfen, Unsinn zu reden und mich lächerlich zu machen.

Vor einigen Jahren fing ich wieder an, einen Italienischkurs zu besuchen, einen nach langer Zeit, wo ich das früher Erlernte schon längst vergessen hatte, einen Kurs für mäßig Fortgeschrittene, zu denen ich mich auch zählte. Jeder von uns musste sich auf Italienisch vorstellen – ich heiße, ich wohne in, ich bin von Beruf, ich bin so und so alt. Damals war ich einundsechzig Jahre alt oder jung, wie man will, und mit den italienischen Zahlen hatte ich nicht viel am Hut, oder genauer gesagt, ich lebte auf Kriegsfuß mit ihnen (viel gebessert hat sich der Zustand bis heute nicht). Jedenfalls begann ich, mich so vorzustellen: „Mi chiamo (ich heiße) Frieda, ho settantuno anni (bin einundsiebzig Jahre) usw. „Oh, das sieht man dir gar nicht an, da schaust du aber jung aus, das kann ja gar nicht stimmen." So und ähnlich klang es von den Kurskolleginnen. Überzeugt davon, dass ich mit meinen einundsechzig Jahren (sessantuno hätte ich sagen müssen) noch recht gut aussehe, sagte ich ganz stolz: „Ja, ja, das stimmt schon, ho settantuno anni." Ich glaube, ich setzte mich noch etwas gerader hin und genoss ziemlich selbstgefällig die Komplimente der anderen, bis die Kursleiterin sagte: „Du, ich glaube, du hast da etwas Falsches gesagt, du hat gesagt, du wärst einundsiebzig Jahre, meintest du nicht vielleicht einundsechzig?"

Da bin ich dann wohl wieder etwas kleiner geworden. Das Staunen der anderen auch. Aber das Lachen war dann ein gemeinsames und verband uns auf Anhieb miteinander.

*

Die folgende Geschichte ereignete sich bereits in der Zeit, in der ich schon lange allein lebte, da heroben in meinem Haus. Nein, nicht allein. Ich hatte doch meine Tiere – Lukas, meinen Hund, einen Rottweiler, meinen Gefährten, meinen Partner für Spaziergänge, für Gespräche, zum Streicheln, zum Füttern und Verwöhnen, für fröhliche und für traurige Stunden. Lukas war immer da und er nahm immer Anteil an meinem Leben, an meinen Stimmungen und Gefühlen.

Damals hatte ich noch drei Katzen (sechs waren es in den besten Zeiten), meine Miezen auf ihren Samtpfötchen, die ich manchmal, wenn ich noch im oberen Stockwerk im Bett lag, im Parterre wie Pferdchen über den Parkettboden galoppieren hörte. Auch sie waren ein wunderbarer Teil meines Lebens, Geschöpfe von großer Anmut und Zärtlichkeit, ausgeprägte Charaktere, jede anders, jede einzelne hatte besondere Vorzüge und besondere Vorlieben. Und in vielem glichen sie einander. Essen war jedenfalls neben in der Sonne liegen und schlafen die Lieblingsbeschäftigung von allen.

Ich muss noch einfügen, dass ich sehr viel gelernt habe von meinen Katzen, wie man überhaupt viel lernen kann, wenn man sich dafür Zeit nimmt und die Augen offen hält, auch die inneren Augen, denn die sehen immer mehr. Die vollkommene Hingabe an das Nichtstun, das ist die erste Lektion, die eine Katze erteilen kann. Den Bogen zwischen totaler Achtsamkeit und dann wieder entspannter Gelassenheit können wir beobachten, das zärtliche Schmusetier und der grausamste Räuber stecken in ihnen. Wenn sich so ein Fellknäuel von einer Katze vor dem warmen Kachelofen räkelt an einem verschneiten Wintertag oder einem wolkenverhangenen Novembertag, dann erzeugt das ein Gefühl von Behaglichkeit und Zuhause-Sein, von Gemütlichkeit und Wohlfühlen, und man spürt die Zufriedenheit mit dem eigenen Leben.

Vieles haben mich meine Tiere gelehrt und vieles habe ich von ihnen angenommen, manchmal schien mir fast, dass ich vergessen hatte, nicht auch eine von ihnen zu sein. So wie damals.

Mein Hund war sehr krank geworden und bekam regelmäßig jeden Tag Tabletten, auch die Katzen hatten mit zunehmendem Alter ihre Weh-wehchen und mussten die eine oder andere Tablette bekommen, nicht zuletzt fallweise ihre Wurmtabletten. Es hatte sich sehr bewährt, die Tabletten in Faschiertes zu verpacken. Es hatte sich nicht nur bewährt, es war der absolute Renner in meiner Küche, Faschiertes, in kleine Klümpchen gedreht, als besonderen Leckerbissen aus meinen Händen serviert zu bekommen. Wenn ich also eine Tablettenpackung in die Hand nahm und sie öffnete oder gar eine Tablette durch die Aluminium-hülle drückte, hüpfte es von allen Seiten hoch (sie hatten alle sooo gute Ohren) und meine Mit-bewohner saßen in Reih und Glied vor mir. Faschiertes bekam nämlich nur, wer brav und ordentlich vor mir saß. Die Katzen drängelten zwar manchmal, aber Lukas saß immer wie ein Muster-

schüler und wie wir das gemeinsam in der Hunde-
schule gelernt hatten, brav ausgerichtet, seine
Augen fest auf mich geheftet, vor mir und die
Katzen machten es ihm doch teilweise nach. Mit der
Zeit hatte es sich dann eingebürgert, dass, wenn
einer eine Tablette bekam, alle anderen auch ihr
Quäntchen rohes Fleisch bekamen, da es sooo gut
schmeckte und keiner benachteiligt werden sollte.
Meine erste Arbeit am Morgen, halb verschlafen,
noch vor dem Frühstück – Faschiertes her,
Tabletten hergerichtet, sorgfältig in diese für meine
Tiere fleischige Köstlichkeit verpackt und verteilt.

Bis ich dann eines Tages diesen Geschmack von
rohem Faschierten auf meinen Lippen verspürte –
hatte ich doch tatsächlich die eigene Tablette, die
ich nehmen musste, auch in ein Fleischkügelchen
verpackt und nur der (für mich, nicht für meine
Tiere) unangenehme Geschmack dieser Hülle hatte
mich im allerletzten Moment daran gehindert, sie
auch zu schlucken.

Glaubt ihr, das könnte damit gemeint sein, wenn
man sagt, jemand sei auf den Hund gekommen?

*

Weil wir schon beim Hund sind, noch eine Geschichte von einem Hund, vom Hund der Nachbarn. Senta hieß sie, die Hundedame. Wir waren sehr befreundet, sie und ich. Als sie noch jung war und auch als sie heranwuchs, kam sie mich jeden Tag besuchen, manchmal auch öfter am Tag. Sie besuchte natürlich auch meinen Hund, Filip hieß er (mein erster Hund, der zweite hieß dann Lukas), aber er war damals schon ein alter Herr und nicht besonders interessiert an einem Hundekind. (Was sich dramatisch ändern sollte, als sie dann zum ersten Mal läufig wurde! Ein alter Herr, der wieder den Frühling spürt, und eine gefällige junge Dame! Aber das wäre eine andere Geschichte.) Senta und ich waren gute Nachbarinnen, sie bekam von mir von gutem Futter und Leckerbissen bis zu Vitaminen alles, was sich ein junger Hund wünscht und was er braucht, und ich bekam von ihr Freude, Fröhlichkeit, Herumtollen, Anhänglichkeit, eben alles, was ein Hund zu geben hat. Das dauerte so lange, bis sie dann eine Hassliebe zu Autoreifen entwickelte und öfter auch in fahrende Autos sprang und versuchte, in die Reifen zu beißen und die Nachbarn gezwungen waren, sie an die Kette zu legen, denn es war kein Zaun vorhanden. Später wurde dann ein langes Seil über den Hof gespannt und sie konnte an einer daran befestigten Kette über den ganzen Hof laufen. Ich sah sie zwar nicht mehr so oft, außer ich ging sie besuchen, aber ich hörte sie. Oft. Sehr oft, sie wohnte ja nicht weit von mir entfernt. Ich wusste immer, wie es ihr ging, ich verstand sie eben, wir hatten doch früher sehr oft miteinander geplaudert.

Irgendwann einmal hörte ich sie ganz verzweifelt rufen und wusste, sie brauchte Hilfe. Als ich nachsehen ging, fand ich sie in höchster Not, die Kette hatte sich in die offen stehende Tür einer Kammer eingeklemmt und sie hatte sich den Hals schon wund gerieben bei dem Versuch, sich zu befreien. Niemand von ihren Leuten war zu Hause und so war es ein Glück, dass ich sie los machen konnte. Nachbarschaftshilfe eben.

Dann, einige Monate später, weckte mich etwa um halb zwei in der Nacht ihr heiseres, hohes, fast hysterisches Gebell und nachdem sie nicht und nicht aufhörte dachte ich, da ist wieder etwas für sie Schreckliches passiert. Anziehen, dicke Jacke, Gummistiefel, eine Taschenlampe nehmen – Straßenbeleuchtung gibt es bei uns ja keine, wir leben in Gottes freier Natur – und Senta zu Hilfe eilen. Ganz kurz dachte ich natürlich auch an Diebe, Einbrecher oder andere gefährliche Gestalten, aber welche Einbrecher lassen sich schon eine Viertelstunde oder länger von einem Hund verbellen und suchen nicht vorher das Weite? Das konnte es sicher nicht sein. So stapfte ich also mitten in der Nacht im Schein der Taschenlampe zu meiner Hundefreundin. Nein, die Kette war nirgends eingeklemmt, alles schien in Ordnung. Ganz flüchtig begrüßte sie mich und fing dann sofort wieder mit ihrem heiseren, alarmierenden Gebell an. Das Haus der Nachbarn lag im Dunkeln, nichts bewegte sich. Da – sie hüpfte mit einem Sprung auf etwas, das am Boden lag, biss hinein und bellte voll Wut wieder los. Ein Igel. Er lag da, zu einer Kugel zusammengerollt, und bei genauerer Betrachtung im Lichtkegel der Taschenlampe sah ich, dass Senta schon ganz blutige Lefzen hatte. Ich versuchte vorsichtig, den Igel mit dem Fuß wegzurollen. Aber Senta weigerte sich, die Igelkugel herzugeben, sofort nahm sie mir das Tier weg und trug es wieder an den vorherigen Platz zurück. Auch bedrohte sie mich, ihre alte Freundin, mit gefletschten Zähnen, ihr ja nicht in die Quere zu kommen, sie wollte ihre Beute nicht mehr hergeben.

Es kostete mich lange, lange Zeit und ich war ganz verschwitzt in dieser kalten Nacht, bis ich es endlich geschafft hatte, mit meinen Stiefeln (mit den Händen ohne Handschuhe griff ich ihn nicht an, oder hat schon jemand von euch einen zusammengerollten Igel mit bloßen Händen angegriffen?) den Igel vorsichtig so weit aus Sentas Reichweite zu rollen und unter ein altes, ausrangiertes Auto zu bugsieren, dass sie ihn nicht nur nicht mehr erwischen, sondern auch nicht mehr sehen konnte. Endlich beruhigte sich Senta, ließ sich von mir streicheln und verzog sich dann in ihre Hundehütte. Als ich am nächsten Morgen Nachschau hielt unter dem Auto, war der Igel weg.

Die Nachbarin aber fragte mich am nächsten Tag, als ich sie traf: „Hast du das gestern in der Nacht auch gehört, da muss irgend etwas los gewesen sein. Meine jungen Leute waren nicht zu

Hause und ich habe mich direkt gefürchtet. Zuerst hat die Senta so gebellt, dass ich wach geworden bin, und dann ist jemand mit der Taschenlampe die längste Zeit im Hof umhergelaufen." Sie war dann beruhigt und hat gelacht, als ich erzählte, was die Ursache gewesen war.

Es sind sicher die Nachkommen dieses Igels, die sich jedes Jahr im Herbst ihre Bäuche mit dem Katzenfutter, das ich für die frei lebenden Katzen draußen hinstelle, voll fressen, um den nötigen Winterspeck zum Überleben in der Kälte anzusetzen. Oft sehe ich sie an den Katzenschüsseln hängen, höre sie laut schmatzen, wenn ich hinausgehe, und sie laufen auch kaum weg vor mir. Ich gebe immer ganz große Portionen hinaus für alle, die Hunger haben und an meine Tür kommen. Denn schließlich habe ich doch eine moralische Verpflichtung, die Nachkommen des von mir geretteten Igels auch zu beschützen. Und nicht nur diese.

*

Da ich gerade von meinem stillen Haus hier heroben erzähle, in dem es noch viel stiller geworden ist, nachdem kein Hund mehr da war und auch Senta im Hundehimmel mit Filip und Lukas umhertollte und ich auch ihr Gebell vermisste, fällt mir noch eine Geschichte ein, die tief in der Nacht geschah. Knapp nach Mitternacht. Ich bin meistens sehr lange wach und es läutet bei mir oft um diese Zeit auch noch das Telefon, weil meine Liebsten wissen, dass ich sehr spät schlafen gehe. (Bitte, mich trotzdem nicht mehr so spät anzurufen: Seit ich nicht mehr so gut sehe, daher nicht so viel lesen kann und meine Sehkapazität schon mit ein bisschen Computerschreiben verbraucht ist, gehe ich jetzt etwas früher schlafen.)

Es war also nach Mitternacht. Draußen hatte ein schlimmes Gewitter gewütet, es regnete noch, ein heftiger Wind wehte. Da läutete es. Nein, nicht das Telefon, die Klingel am Tor. Um diese Zeit! Das Tor draußen vor dem Hof war geschlossen, ich spähte vorsichtig aus dem Fenster. Stille. Finsternis. Kein Autoscheinwerfer, nichts war zu sehen. Wer käme zu Fuß um diese Zeit und bei diesem Wetter zu mir, was könnte es so Dringendes geben, dass jetzt jemand bei mir klingelte? Das Licht draußen einschalten! Aber das half nichts, es brannte nur die Lampe bei der Haustür, beim Licht am Tor war seit ein paar Tagen die Glühbirne kaputt und ich verfluchte jetzt meine Faulheit, dass ich sie nicht schon längst ausgetauscht hatte. Also wieder die Taschenlampe nehmen, die Tür öffnen und hinausleuchten, aber die Batterie der Taschenlampe war so schwach, dass ihr Schein nicht bis zum etwa 25 Meter entfernten Tor reichte. Der Lichtkegel der Lampe bei der Haustür reichte nur bis zum halben Hof. Alles, was ich sah, war ein Frosch, der über den Asphalt hüpfte, und eine Spinne, die sich seelenruhig an einem langen Faden vom Dach herunterließ. (Das klingt jetzt wie in einem mittelmäßigen Gruselfilm, ist aber sicher kein Geflunker von mir, glaubt mir, außerdem würde ich mich nie und nimmer als Drehbuchautorin für dieses Genre eignen.) Ich war ratlos. Da klingelte es wieder, ohne dass jemand zu sehen war. Wer wollte zu mir? Das musste ich herausfinden und schon holte ich mir einen Schirm, um zum Tor zu gehen und nachzusehen, aber dann hielt mich doch eine gewisse Vorsicht zurück. Einbrecher klingeln zwar nicht, wenn Licht im Haus ist, sagte ich mir, Gespenster, an die ich ohnehin nicht glaube, auch nicht. Aber da war vorigen November so eine eigenartige Geschichte gewesen, seit damals achte ich auch immer darauf, dass die Haustür zugesperrt war. Diese Erinnerung im Hinterkopf ließ mich zögern, mein sicheres Haus zu verlassen, ich lehnte den Schirm zur Seite und wartete ab.

An einem diesigen Novembertag ein Jahr davor, es war ein Samstag und es war noch nicht ganz hell am Morgen, hatte mich heftiges Klingeln an meiner Haustür aus dem Schlaf geholt. Mut und Vorsicht schließen sich nicht gegenseitig aus. Wie gesagt, ich bin mutig, aber im Laufe meines Lebens bin ich doch auch vorsichtig geworden. Damals, glaube ich, war es gut, dass ich das schon gelernt hatte, denn ich öffnete nicht die Tür und auch das Küchenfenster kippte ich nur und rief, wer da wäre. Ein mir unbekannter, kräftiger, junger Mann war vor dem Fenster erschienen. Irgendwie hatte er eigenartig ausgesehen, dick geschwollene, rote Augenlider, starrer Gesichtsausdruck, fröstelnd. „Was wollen Sie?", fragte ich ihn. Seine Stimme klang sehr bestimmt und fast bedrohlich, als er sagte: „Hinein will ich, hinein, nur hinein!" (Hättet ihr ihn hereingelassen? Na, eben, ich auch nicht.) So sagte ich nur ganz perplex und vielleicht auch mit einer lauteren Stimme als es sonst meine Art ist (Die sich im Wald fürchten, singen immer ganz laut, sagt man.): „Aber nicht bei mir!", und auch ich musste sehr bestimmt gewirkt haben, denn er ging wirklich. Ohne zu schwanken, ohne zu hinken, ohne betrunken zu wirken, und er ging, ohne zu zögern. Doch ich fragte mich und frage mich heute noch – was war das? Und was wäre gewesen, hätte ich die Tür aufgemacht? (Also wundert euch nicht, wenn ich zuerst durch das Küchenfenster schaue, solltet ihr unangemeldet an meiner Tür klingeln.)

Zurück in die jetzige Geschichte nach Mitternacht. Ich zögerte also. Vielleicht ein Betrunkener, der sich im Ort geirrt hatte. Ich machte wieder die Tür zu und hoffte, nun meine Ruhe zu haben. Doch es klingelte wieder und wieder und lang andauernd. Vielleicht ein Unfallopfer, das sich von der Landesstraße bis zu mir hereingerobbt hatte und Hilfe brauchte, schließlich wies draußen auf der Straße das grüne Arztschild in meinen Hof. Laut rief ich in die dunkle Nacht: „Ist da jemand? Braucht jemand Hilfe?" Keine Antwort. Da lag zum Schluss einer am Boden und verblutete, nur weil ich zu feige zum Nachschauen war, das konnte doch nicht sein. Ich schob alle Bedenken zur Seite und beschloss, zum Tor zu gehen und herauszufinden, was los war. Außerdem, sagte ich mir, bis da einer über das verschlossene Tor klettern könnte, wäre ich schon längst wieder hinter meiner zugesperrten Tür. (Trotz meines Alters bin ich doch noch ganz gelenkig und flott). Und ich wagte es. Ich muss zugeben, das Herz klopfte schon ein bisschen, oder vielleicht auch ziemlich, wenn ich ganz ehrlich bin, und wie hoch der Puls war, will ich gar nicht wissen. Meine Taschenlampe fest in der Hand, ging ich vorsichtig Richtung Tor. Bis ich dann etwas sah. Und lachte, lachte, lachte. So laut und erleichtert habe ich vielleicht nie mehr seitdem gelacht.

Eine Kuh stand am Tor und läutete. (Kein Aprilscherz, es ist nicht April, es ist jetzt wieder November, wo ich das schreibe, nein, kein diesiger Novembermorgen, eine – ihr kennt mich mittlerweile – dunkle Novembernacht.) Eine von den Kühen, die die ganze warme Jahreszeit im Garten vom Nachbarn weideten, war wieder einmal aus dem umzäunten Grundstück ausgerissen und versuchte jetzt offensichtlich, zu ihren Artgenossinnen zurückzukehren, fand aber nicht das Schlupfloch, aus dem sie herausgekommen war, das ganz in der Nähe meines Tores sein musste. Sie lehnte sich mit ihrem großen Hinterteil gegen meine

Torklingel, immer und immer und immer wieder. Also doch jemand, der nicht heimfand.

Ich musste die elektrische Sicherung meiner Klingel ausschalten, denn sonst hätte mich die Kuh die ganze Nacht wach gehalten. Am Morgen rief ich dann ganz zeitig den Bauern an, damit die arme Kuh endlich wieder heimkehren konnte.

*

Mit Kühen hatte ich ohnehin schon meine Erfahrungen, nicht nur die als Kind im Burgenland, wo mir eine Kuh meinen Namen Frieda für Jahrzehnte verleidete (heutzutage bin ich schon bereit, mich so zu nennen), als mir eine Schulfreundin mit einem gewissen Hohn in der Stimme vor versammelter Klasse erzählte, dass eine ihrer Kühe zu Hause auch Frieda hieße und alle in ein lautes Gelächter ausbrachen. Nein, die meine ich nicht, die war eine passive Kuh, die zwar verheerende Auswirkung auf die Zufriedenheit mit meinem eigenen Namen hatte, aber diesem Tier war ich nie begegnet. Ich meine viele aktive Kühe, die mich einmal fast ins Meer getrieben hatten.

Es war damals in Schottland, auf unserer Autostoppreise mit Gerlinde und Ursula, von London nach Schottland, die wir unter anderem auch deshalb unternahmen, um herauszufinden, was die Schotten nun wirklich unter ihrem Kilt trügen. (Mittlerweile ist dieses Wissen Allgemeingut und überall nachzulesen.) Es war auf der Isle of Sky, Einquartierung, wie üblich auf dieser Reise, in einer Jugendherberge und danach mein begeisterter Spaziergang alleine (am liebsten ging ich schon immer allein spazieren) am Meeresufer. Steil abfallende Felsen, Gras bis zum Abgrund, unendliche Weiten, Wind, Meer, wilde Schönheit. Irgendwann fand ich dann doch einen Zugang direkt zum Meer, der über saftiges Gras direkt ans flache Ufer führte. Auf das Meer hinausblicken, Romantik einsaugen ins Innerste, das Tosen der Meereswellen hören.

Gut, dass ich alleine gegangen war und mich niemand störte, ich konnte mich ganz dem Genuss des Augenblickes hingeben. Der kalte Wind vom Meer her bewog mich dann doch nach einer gewissen Zeit, ans Zurückgehen zu denken. Zurückgehen? Als ich mich umdrehte und den einzig möglichen Rückweg antreten wollte, blickten mich Dutzende von Kühen mit großen, neugierigen Augen an. Ziemlich dicht beisammen standen sie, wie sollte ich da hindurch kommen? Waren das friedliche Tiere, oder schauten sie nicht doch bedrohlich drein, und war da nicht auch ein gefährlicher Stier dabei, wie sollte ich das sehen bei dem Gedränge?

Da zeigte sich dann wieder, was ein gutes Gespräch alles vermag. Diese Erfahrung machte ich schon oft. Wenn ich einem Menschen, der nicht auf einer Wellenlinie mit mir lag, versuchte etwas zu erzählen und merkte, dass er mich nicht verstand oder mir gar nicht zuhörte, dann stellte ich mich, wenn ich wieder allein zu Hause war, vor meinen Kachelofen und berichtete ihm die Angelegenheit. Dieser verstand mich dann zumindest gleich gut wie das desinteressierte vorherige Gegenüber, er gab auch keine harschen Einwände oder kluge Belehrungen von sich und mir war dann immer leichter ums Herz. Kühe sind doch lebendiger als so ein Kachelofen, warum sollten die nicht auch verstehen?

Damals bei den Kühen in Schottland, glaube ich, sprach ich Deutsch, ich dachte gar nicht daran, dass sie Englisch besser verstehen könnten, noch dazu, wo ja das schottische Englisch für uns Deutsch Sprechende leichter zu verstehen und auch leichter zu sprechen ist. Wie immer, das Gespräch half und sie verstanden mich. Ich sie nach einer Weile auch, nach einer Weile des sie Beobachtens, des auf sie Einredens und langsam auf sie Zugehens. Sie ließen mich durch und an ihnen vorbei.

Ich tat so wie der Mann in der Geschichte, die ich einmal gelesen hatte (ich lese viele Geschichten und sie fallen mir alle zum richtigen Zeitpunkt wieder ein), der auf ein riesengroßes, unüberwindbares Hindernis gestoßen war. Zuerst versuchte er, rechts daran vorbeizukommen, dann links, dann oben drüberzuklettern. Er versuchte auch, unterhalb durchzugraben, aber alles ohne Erfolg. Schließlich, als nichts anderes nützte, nahm er all seine Kraft zusammen und ging mitten durch das Hindernis hindurch.

Ich versuchte erst gar nicht, über die Klippen zu klettern oder durchs Meer zu schwimmen. Ich nahm das Hindernis direkt in Angriff, mein Herzklopfen hörte außer mir ohnehin niemand. Oder doch? Vielleicht doch die Kühe, im Nachhinein kam es mir vor, als hätte die eine oder andere gelächelt.

Meine Freude am alleine Spazierengehen ist mir aber bis heute geblieben.

Ich komme darauf, dass fast all meine Geschichten von Tieren handeln. Das war nicht beabsichtigt. Eigentlich wollte ich über mich schreiben, über mich und meine Gefährten, mit denen ich etwas erlebt habe. Es wird sich doch nicht herausstellen, dass meine wichtigsten Partner im Leben immer nur die Tiere waren. Ich muss nachdenken, ob mir auch sonst noch etwas einfällt. Ich glaube schon.

*

Für diese Geschichte muss ich wieder, wie bei der vorigen, viel weiter zurückgehen in meinem Leben, in die Zeit, als ich auch noch auswendig (ich meine natürlich äußerlich) jung war, nicht nur inwendig, so wie das heute der Fall ist. Damals hat mir aus dem Spiegel noch ein hübsches, faltenfreies Gesicht entgegengeblickt. Ach was, Falten – dafür nehme ich jetzt halt fallweise die Brille ab, wenn ich in den Spiegel schaue, es ist ein Gratisfacelifting sondergleichen, ich bin dann für kurze Zeit (bis ich die Brille wieder aufsetze) fast faltenlos.

Aber ich will ja nicht über Haut und Falten schreiben, sondern über die Zeit, als ich in Paris lebte. Damals. Am Dachboden. Sechs Stockwerke hoch über den Köpfen all der Pariser Bürger in diesem Haus, über eine schmale, schmutzige Hinterhoftreppe erreichbar, ohne Licht. Licht gab es nur, wenn die Bewohner der Wohnungen unter mir das Licht an der Küchenhintertür eingeschaltet hatten, das auf der Hinterhoftreppe leuchtete. Sonst tastete ich mich im Dunkeln hinauf, bis ich mir einige kleine Taschenlampen zulegte, die ich in alle Säcke und Taschen steckte und auch an meine fallweisen Besucher verlieh. Zum Waschen gab es nur kaltes Wasser, aber immerhin, Wasser aus der Wasserleitung. Zwei Dachluken in der waagrechten Zimmerdecke ließen mich direkt in den Himmel blicken, wenn ich auf dem Rücken in meinem Bett lag. Eine Kommode, ein Tischchen, zwei Sessel, und zum Aufhängen der Kleider gab es einen Ständer mit Haken. Vorläufig, sagte man mir, in nächster Zeit sollte ein ausrangierter Kasten gebracht werden. Toilette am anderen Ende des Ganges.

Ich höre euch schon sagen, in so einem Loch von einer Behausung, ohne jeglichen Komfort, hättet ihr ganz einfach nicht gewohnt, es wäre sicher etwas Besseres zu finden gewesen. Das mag wohl stimmen. Aber für mich war das nicht so schlimm. Denn erstens konnte ich als freier, unabhängiger Mensch leben, was für mich das Allerwichtigste war (und immer noch ist), und zweitens ist alles relativ. Mein erstes Untermietzimmer in Wien war auch nicht viel besser, gewaschen hatte ich mich damals in einem kalten Kämmerchen, wo das Wasser in der Früh manchmal eine dünne Eisschicht trug. In Paris hatte ich zumindest ein Elektroheizgerät, das ein bisschen Wärme gab. Oder wenn ich gar an meine Kindheit denke – soll ich davon schnell etwas erzählen? Ihr habt doch alle, die ihr meinen Roman „Windhauch" gelesen habt, gesagt, die Erzählungen über die alten Zeiten im Burgenland hätten euch am meisten interessiert, davon wollt ihr mehr hören. Also bitte, dann werde ich vor den Geschichten, die ich in Paris erlebt habe, noch schnell ein bisschen über das „komfortable" Leben erzählen, das ich als Kind geführt habe.

Leben ohne elektrischen Strom. Jahrelang. Nein, auch im Burgenland war man zu jener Zeit nicht mehr so rückständig, dass man nicht die Elektrizität gekannt hätte, aber meine Eltern hatten ein Haus gebaut, das ein Stück entfernt von den letzten Häusern des Dorfes war und dazwischen war ein

Bahnviadukt. Da war ein Stromanschluss aus Kostengründen ganz einfach unmöglich. Erst viele Jahre später, als dann mehrere Häuser in dieser Gegend gebaut wurden und sich eine Lichtgemeinschaft mit Kostenbeteiligung zusammenfand, wurde eine Leitung verlegt und auch wir wurden an das Stromnetz angeschlossen. Fast meine ganze Schulzeit, und das waren immerhin zehn Jahre, verbrachte ich also bei Petroleumlicht. Oh, wie romantisch, werden einige von euch sagen. Also, für Romantik habe ich auch etwas übrig, aber auf diese Art von Romantik kann ich verzichten, davon habe ich für den Rest meines Lebens genug. Dafür erinnere ich mich als einen der schönsten Tage in meinem Leben an den Tag, als dann endlich der Schalter eingeschaltet werden konnte und elektrisches Licht erstrahlte, fast als ob die Sonne aufgegangen wäre nach langen Jahren der Finsternis. Wasserleitung gab es auch keine. Einen Brunnen hatten meine Eltern gegraben (bei dem mein Vater fast ums Leben gekommen wäre, denn er war gerade aus dem Brunnen geklettert, als die frisch eingesetzten Betonrohre krachend in die Tiefe stürzten), mit einem Eimer an einer langen Kette wurde das Wasser aus der Tiefe gezogen, in einen anderen Eimer gefüllt, ins Haus getragen und auf das Wasserbankerl gestellt. Für Warmwasser (soweit es nicht in einem Häfen auf der Herdplatte erhitzt wurde) hatte der sogenannte „Sparherd" (der Lebensmittelpunkt war als Wärmequelle und einzige Kochgelegenheit) einen eingebauten Wasserkessel (der sich im Laufe der Zeit dick mit Sinter belegte). Dabei war der eigene Brunnen schon ein großer Fortschritt. Die erste Zeit, die wir im Haus wohnten, holten wir das Wasser von einem Ziehbrunnen (ja, ja, solche, wie man sie heute noch in Ungarn und im Seewinkel sieht, damit die dahin ziehenden Wanderer und Tiere sich laben konnten), der sich in der Nähe unseres Grundstückes am Straßenrand befand. Zum Schwemmen trugen wir die Wäsche dann im Waschtrog zum Brunnen und besorgten es gleich an Ort und Stelle, damit nicht so viele Kübel Wasser den weiten Weg getragen werden mussten. Die Wasserleitung kam sogar noch später als der Strom zu uns.

Denkt noch jemand nach, wenn er sich schnell eine Tasse Tee zubereitet und den Teebeutel in das in der Mikrowelle erhitzte Wasser hängt, wie viele Arbeitsvorgänge früher notwendig waren? - Wasser vom Brunnen holen, Holz hereintragen und Küchenherd einheizen, um das Wasser zum Kochen zu bringen. (Vom Abwaschen oder gar Wäsche waschen wollen wir überhaupt nicht reden, auch nicht vom Bügeleisen, das auf der Herdplatte heiß gemacht wurde oder vom Trocknen der langen Zöpfe im Winter.) Natürlich war das alles schon vorher vorbereitet, das Holz und das Wasser waren bereit, vielleicht der Herd schon eingeheizt und die Lampe angezündet. Und wer machte das alles? Die Eltern arbeiteten den ganzen Tag schwer. Diese alltäglichen Dienste waren die Pflichten der Kinder. Meine Aufgaben, neben vielen anderen: Holz und Kien und Wasser herein tragen, die zwei Lampen mit Petroleum füllen, Dochte gerade schneiden, die

Glaszylinder vorsichtig, vorsichtig mit Zeitungspapier und dem Stiel vom Kochlöffel putzen. (Wehe, es kommt jemand auf die Idee, mir für romantische Stunden eine Petroleumlampe zu schenken, der nächste Flohmarkt würde sich darüber freuen. Kerzen dagegen mag ich sehr gerne, sie tragen keine Glaszylinder, die rußig werden könnten, und sie brauchen kein Petroleum.)

In Paris war ich nicht einmal zehn Jahre später. Einen Krug mit heißem Wasser von meiner Gastfamilie vom zweiten in den sechsten Stock tragen, das war nicht so schlimm, und der Weg zur Toilette über den langen Gang war nie so kalt wie der Weg über den Hof zum Plumpsklo in so manch eisigem Winter über den Hof in der Kindheit. Also werdet ihr verstehen, dass ich mein Leben in Paris als durchaus annehmbar empfand, und dass es diesen gewissen Touch von Abenteuer hatte, machte das Ganze erst so richtig interessant. Dieses Gefühl konnte ich in den folgenden Monaten noch oft auskosten.

Ich war erst einige Tage zuvor in meine neue Bleibe eingezogen, lag abends, schon im Pyjama, im Bett und las im Reiseführer Wissenswertes über Paris. Die Geräusche der Stadt und des Hauses waren mir noch fremd und ich konnte nicht zuordnen, woher all die Töne kamen und was sie zu bedeuten hatten, ich kümmerte mich auch nicht weiter darum. Da hörte ich zu all den fernen Klängen von der Straße her leises Stimmengemurmel, französisches natürlich, das ich ohnehin nicht verstand, fallweise kicherte jemand.

Ich lag bäuchlings, auf die Hände gestützt, und war in meinen Stadtplan vertieft, als mir plötzlich bewusst wurde, dass diese Stimmen über meinem Kopf sein mussten, wo eigentlich niemand mehr wohnte. Da drehte ich mich auf den Rücken, und was sah ich – auf meiner Dachluke, meinem Fenster in den Himmel, quetschten sich fremde Männer (natürlich fremde, ich kannte ja noch niemanden in Paris) ihre Nasen platt und schauten in mein beleuchtetes Zimmerchen. Lampe ausknipsen, laut schimpfen (wenn auch nicht in Französisch, das ich ja noch nicht konnte) und bald darauf hörte ich ihren Rückzug übers Dach und eine Leiter, über die sie auch hinaufgeklettert waren, um mir diesen Über-Kopf-Besuch abzustatten.

Kommentar meiner Madame am nächsten Morgen mit lachender Miene: „Die haben wahrscheinlich gehört, dass da ein hübsches, junges Mädchen eingezogen ist, und waren neugierig, es zu sehen." Es schien die normalste Sache der Welt zu sein, auf die man vielleicht noch stolz sein sollte. Also nahm ich es auch als normal.

Wochen später. Wieder in der Nacht. Ein Quietschen vor meiner Tür, durch die man jeden Ton hörte, war sie doch ganz dünn und hatte unten einen großen Spalt, durch den es heftig zog. Wie Schritte auf Kreppsohlen (die waren einmal modern, erinnert ihr euch noch, zumindest ihr, die ihr nicht mehr ganz so jung seid?), die an meiner Tür vorbei schlichen. Mir fielen natürlich sofort wieder diese neugierigen Männer von neulich ein und ich dachte mir, wenn ich ihnen den Spaß verderbe und das Licht ausschalte, damit sie mich nicht sehen können, werden sie schon wieder abziehen. Aber das half nichts. Das leise Gequietsche hielt an, ich weiß nicht wie lange, irgendwann schlief ich dann ein. Aber ich hörte es in den nächsten Nächten immer wieder, bis ich mich entschloss, ganz plötzlich die Tür aufzumachen und nachzusehen. Ha – Ratten liefen erschrocken davon. (Es tut mir leid, es geht offensichtlich nicht ohne Tiere. Da wo ich bin, findet sich immer wieder ein bepelztes oder gefiedertes Wesen, wir scheinen eine ungeheure Anziehungskraft aufeinander zu haben.) Das Licht und die Wärme des Spaltes unter meiner Tür mussten sie angelockt haben, wo doch jetzt die kältere Jahreszeit kam und sich jeder gerne ein warmes Platzerl suchte. Das blieb auch so, zumindest für die nächsten Herbst- und Wintermonate. Wir lebten in friedlicher Koexistenz. Wollte ich das Zimmer verlassen, klopfte ich ein paar Mal fest mit dem Fuß auf den Boden, dann wichen sie so weit zur Seite, dass sie mich vorbeiließen, ohne in mein Zimmer zu schlüpfen, danach konnten sie nach Belieben ihren alten, warmen Platz einnehmen. Und wenn ich ihnen schon nicht auf Anhieb die Wärme meines Herzens schenkte, so doch die Wärme meines Zimmers, die durch den Türspalt zu ihnen hinaus drang. Wenn ich über die Stiege hinaufging beim Nachhausekommen, sah ich sie schon von Weitem mir mit ihren neugierigen Knopfaugen entgegensehen. Bitte sagt nicht, Ratten seien hässlich – sie sind wunderschön, sie sind klug und werden auch zahm nach einiger Zeit, und zumindest meine Ratten (es waren ja schließlich keine nassen, stinkenden Kanalratten, sondern gepflegte Dachbodenratten) hatten ein seidiges Fell. Nein, ich fütterte sie nicht, denn erstens hatte ich selbst nicht viel und zweitens wären sie mir dann zu sehr auf den Pelz gerückt (wobei diese Tiere sicher nicht wussten, dass ich gar keinen Pelz hatte, sie sind ja nicht wie wir Menschen, die immer nur auf ihren angeblich hässlichen, nackten Schwanz starren und nicht mehr genug Zeit haben, uns über ihr kuscheliges Fell zu freuen) und ich wollte nicht, dass sie zu mir ins Zimmer kamen. Egoistisch von mir, oder?

Ich habe bis heute ein schlechtes Gewissen. Vielleicht füttere ich deshalb die streunenden Katzen draußen, schleppe tonnenweise Futter für die Vögel im Winter nach Hause und lasse einen ganzen Baum mit Nüssen und alle Haselnüsse auf den Sträuchern für die Eichkätzchen übrig. Und auch den Rehen im letzten strengen Winter mit dem vielen Schnee habe ich das Tor und die kleine Tür hinten am Zaun geöffnet, damit sie nur ja nicht verhungern, sondern alles, was sie im Garten finden, essen, also äsen können, was sie dann auch getan haben – schaut euch bitte den Efeu an der hohen Wand an, er ist bis heute (wie gesagt, es ist bereits November) soweit ein Rehmaul, nein ein Äser, hinaufreicht, nicht wieder zur Gänze nachgewachsen. Erdkröten habe ich im Lichtschacht vom Keller, die wohnen bei mir, denen ist sicher auch die Geschichte mit den Ratten bekannt. Denn als ich die erste dieser Art damals im Lichtschacht gefunden und gedacht habe, sie sei durch das Gitter hineingefallen und ich müsste sie retten und ins Gras tragen, saß sie am nächsten Tag wieder unten im Schacht. In ihrem Blick las ich dann den Vorwurf, die Ratten damals in Paris nicht ausgesiedelt zu haben, und sie, die Kröte, weil sie kein so schönes kuscheliges Fell habe, wolle ich aus dem Haus vertreiben. Nein, nein, natürlich durfte sie bleiben, man muss kein seidiges Fell haben, um bei mir willkommen zu sein, ich diskriminiere niemanden, ich habe auch nichts gegen Glatzen, und so blieb sie bei mir. Es kamen noch viele Kröten nach, große, kleinere, ganz kleine, je nach Jahreszeit. Ihr könnt sie einmal anschauen kommen, aber erst ab dem Frühjahr. Im Winter halten sie nämlich Winterschlaf in der Erde. Auch die Kröten füttere ich nicht, denn erstens können sie mir nicht den Vorwurf machen, ihnen weniger zu geben als den Ratten in Paris und zweitens wüsste ich gar nicht was. Da sie jedoch prächtig gedeihen, werden sie schon wissen, was gut für sie ist.

*

Man wird so redselig, wenn man lange alleine lebt. Ich will euch doch jetzt von Paris weitererzählen. Also, ich war noch nicht lange dort in dieser schönen Stadt, gerade lange genug, um mich ein bisschen einzugewöhnen. Wieder ein Abend in Paris, ein anderer. Diesmal ein früher, aber es war doch schon dunkel, und es klopfte an der Tür. Draußen stand meine Freundin Gundula (ich kannte sie schon aus dem Burgenland und aus Wien, wir waren auch einige Zeit gemeinsam in London gewesen. Sie war nun auch in Paris, und ich muss zugeben, ihr Zimmer war ein viel komfortableres als das meine), in romantischen Lichtschein gehüllt, flankiert von zwei bärtigen jungen Männern, die jeder eine brennende Fackel in der Hand hielten. Sie hatte die beiden jungen Leute gerade kennen gelernt und ihnen von mir und meinem Dachbodendasein erzählt, und da hatten sie kurzerhand den Entschluss gefasst, diese Bohèmebleibe zu besichtigen und dazu die Fackeln erstanden. Eine Flasche Rotwein brachten sie auch mit. Es wurde ein sehr netter Abend. Und viele in der Art folgten noch. Es wurde die große Zeit von Rotwein, Baguette und Camembert.

Gottfried und Klaus hießen sie, beide studierten in Paris, der eine Malerei, der andere Philosophie. Ihren Lebensunterhalt verdienten sie sich (ein Stipendium, das sie nach Paris gebracht hatte, gab es auch noch) als Schulwart in einer Klosterschule, ihr Dasein war nicht viel weniger ärmlich als das meine. Klaus verlor ich mit der Zeit aus den Augen, aber Go, der Maler, war öfter zu Gast bei mir. Neben anderen Gründen, die vielleicht ausschlaggebend gewesen sein mögen, hatte er entdeckt, dass man von diesem Dachboden aus mehreren offen stehenden Kammern einen herrlichen Blick über Paris hatte, die Sonne spendete Gratisbeleuchtung, von der Tageszeit abhängig in allen Beleuchtungsstufen. Zeichenblock und Stift waren daher immer in seiner Hand, wenn er kam, und ich kannte die Dächer von Paris nicht nur von Angesicht zu Angesicht, sondern auch von vielen Skizzen auf seinem Block und sah diverse Stadtansichten nicht nur mit meinen eigenen Augen, sondern auch die, die der Künstler auf seinen Block gebannt hatte.

Er brachte selbstverständlich nicht nur Dächer und Stadtansichten zu Papier, auch mit Landschaften und Stillleben war er noch nicht an seine Grenzen gestoßen. Er zeichnete natürlich auch Menschen. Mit vielen Kleidern an, mit wenig an und mit gar nichts an wäre noch besser, sagte er. Für alles fanden sich Objekte zum Abzeichnen. (Maler kennen das auch, das Stehlen mit den Augen.) Man brauchte sich nur in ein Café zu setzen und schon fanden sich genug interessante Individuen, die ein Maler seinem Skizzenblock einverleiben konnte. Nackte Menschen aber– nackt und schön, wie Gott sie schuf – saßen in keinem Café, liefen nicht durch die Straßen, was ja übrigens verboten war, sogar in Paris. (Das ist jetzt meine Überlegung, so etwas hätte Go nie gesagt.) „Könntest nicht vielleicht du...?" fragte er dann eines Tages mit einer Stimme zwischen Zuversicht und Zweifel. Nein, natürlich konnte ich nicht, was glaubte er denn? Hättet ihr einem Maler nackt und bloß Modell gestanden? Hättet ihr? Als ihr noch jung wart und alles am richtigen Platz war, also keine Scheu vor kritischen Augen gehabt hättet? Ja oder nein? Das überlegte ich auch.

Die Moral war es nicht, die mich davon abhielt, denn ich hielt das gar nicht für unmoralisch, ich bin schon immer der Ansicht gewesen, dass ein nackter Körper etwas sehr Normales und auch Neutrales ist. Ich glaube, es war nur diese Voreingenommenheit, die man durch Erziehung und Gesellschaft umgehängt bekommt, die mich zögern ließ. Aber schließlich war ich immer schon ein revoltierender Geist und so ließ ich mich dann doch von der Notwendigkeit überzeugen, meinen Beitrag zur hohen Kunst zu leisten, so unter dem Motto: „Fördert Hunger leidende Jungkünstler!" Und Go war ein Künstler, das spürte ich, damals noch ein armer, absolut unbekannter, aber wie das weitere Leben zeigen sollte, wurde er dann später ein ganz großer.

Die Moralisten unter euch (ich glaube ja nicht, dass es extreme Moralapostel in meinem toleranten Umfeld aushalten) brauchen sich jetzt nicht zu mokieren, sondern sollten sich einmal (egal ob mit oder ohne Kleider) nur eine Viertelstunde lang ruhig hinstellen, in einer selbst gewählten, bequemen Haltung, es muss gar nicht eine künstliche Pose sein, in die euch der Künstler vielleicht hingestellt hätte. Und dann versucht, in dieser Position zu verharren, wie gesagt, fangt einmal mit einer Viertelstunde an. Ha? Wo bleiben nach dieser Zeit die vermeintlich erotischen Gedanken? Richtig, es ist nicht unmoralisch, es ist Schwerarbeit. Und für den Maler ist es volle Konzentration auf seine künstlerische Arbeit, eben, auch Arbeit.

Ich tat also etwas für die Kunst und stand Modell, das heißt, meistens durfte ich ohnehin sitzen mit in verschiedene Positionen gebrachten Armen, in die Höhe gehalten oder in den Schoß gelegt, die Drehung des Kopfes einmal in dieser und dann in einer anderen Pose, Schulter weiter nach vorne oder zurück. Und dann stillhalten. Ganz ruhig sitzen. Nichts tun, nicht bewegen, nur ruhig sitzen. Bitte probiert es, und dann reden wir weiter.

Kurze Zwischenfrage: Kennt jemand von euch die Oper „La Bohème" von Puccini etwas genauer? Mimi, die Protagonistin, und die drei Künstler – der Literat, der Maler und der Musiker.

Na also, der Maler und der Philosoph (anstelle des Musikers, aber Philosophie ist ja so ähnlich in ihren Erkenntnissen wie Musik, das eine wird in Worten vermittelt, das andere in Klängen) waren schon da. Der Dichter wird auch noch auftauchen. Und jetzt verrate ich euch etwas ganz Besonderes, euch, die ihr alle meinen „Windhauch" gelesen habt, die ihr die Geschichte mit Daniel in Paris mit mir durchlitten habt, euch sage ich jetzt den wirklichen Namen von diesem Poeten – er hieß in Wirklichkeit Rudolf!

Da hat der Puccini aber heruntergeschaut aus seinem Musikerhimmel, hat sich sicher gedacht, er hätte sich den ganzen Ärger mit dem Librettisten ersparen können, diese Szenerie hätte er eins zu eins übernehmen können. Hat halt Pech gehabt, dass ich für ihn zu spät auf die Welt gekommen bin. Aber für mich ist mein späteres Erscheinen auf dieser Welt doch ein Glück, denn sonst hätte ich euch alle nicht kennen gelernt, und das wäre wirklich schade. Aber ich schweife ab, erzählen will ich etwas ganz anderes.

Bleiben wir beim Maler. Nicht bei dem von Puccini aus La Bohème, nein, bei meinem Klosterschule zusammenräumenden Studenten der Malerei, der jetzt seine privaten Studien betreiben konnte und nicht nur auf das Modell in der Akademie angewiesen war. Es war an einem Nachmittag (nicht alles in meinem Leben spielt sich in der Nacht ab), ich saß aufrecht, mit sehr geradem Rücken (mein Rücken ist heute noch sehr gerade) am Bettrand, hielt eine Schale in der Hand und hatte über eine meiner Schultern meine Bettdecke drapiert, deren Faltenwurf sich nonchalant in die Tiefe stürzte, sonst hatte ich eigentlich nichts an. Go war gerade mit heiligem Ernst und künstlerischem Eifer dabei, mit genialen Strichen diese Position auf einem Blatt Papier festzuhalten. (Das Blatt habe ich noch, wenn ihr wollt, kann ich es euch zeigen.)

Da klopfte es an der Tür und die Stimme meines Monsieurs erklang. Natürlich konnte ich nicht so schnell öffnen. Mir einen Morgenmantel überwerfen, die Tür öffnen und einen jungen Mann bei mir haben – das schien mir sehr missverständlich zu wirken, noch dazu, wo ich doch erst einige Wochen bei der Familie war. Also blieb ich still und tat so, als ob ich nicht zu Hause wäre. Nach weiterem vergeblichem Klopfen ging Monsieur wieder weg. Go zeichnete weiter. (Er machte die Skizze fertig, sonst könnte ich sie euch ja nicht zeigen.) Nach einer Weile hörten wir lautes Gepolter, Abstellen von etwas Schwerem und unter Ächzen und Stöhnen Weiterschleppen dieses Gegenstandes, es rumpelte auf der Stiege und mit jedem Mal kamen die Geräusche näher. Lest ihr mein Büchlein genau? Dann erinnert ihr euch auch noch an das Versprechen meiner Familie, mir bald einen Kasten zu bringen, damit meine Kleider eine Bleibe hätten und nicht frei im Zimmer hängen müssten. Da kam er jetzt, der Kasten, den starke Männer über die enge Stiege heraufschleppten. Gut, dass ich einen Kasten bekam, aber mir war auch klar, dass ich mich durch mein Nichtöffnen der Tür und mein Nichtmelden erst recht dem Verdacht ausgesetzt hatte, unmoralischen Aktivitäten am Nachmittag nachgegangen zu sein, wenn sie jetzt den jungen Mann bei mir vorfänden. An ein Ausweichen, ohne gesehen zu werden auf der engen Stiege und dem schmalen Gang war nicht zu denken. Also Flucht nach vorne. Eine geradegezogene Decke lag wieder auf dem Bett und zwei vergnügte, unbeschwerte Menschen, einer davon ein bärtiger junger Mann, zwängten sich an den verdutzten Männern und dem schweren Kasten bei einer Ausweichmöglichkeit vorbei. Ich drückte meinem mich erstaunt anblickenden Monsieur den Zimmerschlüssel in die Hand, sagte, dass ich mich freuen würde, den Kasten zu bekommen – und weg waren wir.

In London hätte mir diese Episode einen Rauswurf aus der Familie eingebracht, in Wien zumindest schiefe Blicke und Gerede. In Paris? Als ich am nächsten Tag meiner Madame die Angelegenheit berichtete, die volle Wahrheit übrigens (ich versuche es zuerst immer mit der Wahrheit, bevor ich mir komplizierte Ausreden ausdenke), lachte sie über das ganze Gesicht und sagte mit einem vergnügten Lächeln, dass ihr Mann vielleicht gerne die Zeichnungen sehen würde. C'est Paris!

Übrigens: Go, sollte dir durch irgendeinen Zufall dieses Büchlein in die Hand fallen – die Welt ist ja klein, wie wir alle wissen – und du diese Zeilen lesen: Ich habe noch Schulden bei dir, die ich jederzeit bereit bin, einzulösen. Damals in Paris habe ich dich auf selbst zubereiteten Endiviensalat eingeladen und du warst ganz begeistert, lange in Wasser eingeweicht wolltest du ihn (wer dachte damals schon an Vitamine) und schön mürbe und nicht so schrecklich resch und bitter, wie wir ihn sonst bekamen. Bei einem Treffen in Wien wollten wir das wiederholen. Doch jemand hat dich rüde aus meinem Leben geworfen und das Treffen und auch jedes weitere verhindert, was mir sehr leid tut, vor allem, weil ich jetzt lebenslange Schulden bei dir habe. Gerne würde ich sie endlich tilgen und lade dich somit ein, endlich zu kommen und die Schüssel Endiviensalat zu essen, die ich versprochen habe, dir zuzubereiten. Schulden zu hinterlassen, das hat mir meine Mutter schon beigebracht, ist eine unehrenhafte Sache. Und du willst ja nicht, dass ich mich so fühle. Also: Befreie mich von dieser Last.

*

Ihr werdet sagen: „Du hast aber wenig ausgelassen in deinem Leben!", und ich muss antworten: „Das stimmt."

„Und wie schaut es mit Drogen aus, bei deiner Experimentierfreudigkeit?", bin ich gefragt worden. Das nein. Trotzdem habe ich eine Erfahrung mit Rauschgift, eine einzige, und das reicht. Auch das war in Paris.

Das kam so: Plötzlich bekam ich schreckliche Zahnschmerzen und musste zum Zahnarzt. Der bohrte an einem Zahn herum und machte schließlich eine Goldkrone drauf. Das kostete mich damals 100 Franc. (150 Franc verdiente ich im Monat und 50 Franc hatte ich für die Schule zu bezahlen, die ich jeden Tag besuchte, und leben musste ich auch von etwas, also war meine Geldbörse für eine Weile leer.) Dann ging der Zahnarzt für ein paar Tage auf Urlaub und war somit unerreichbar. Ich aber bekam fürchterliche Schmerzen. Wie sich später herausstellte, hatte der gute Mann die Krone auf einen Zahn mit einer vereiterten Wurzel gemacht. Die Wehen beim Kinderkriegen Jahre später waren harmlos zu den Schmerzen, die ich damals litt. Schmerztabletten. Eine nach der anderen. Sie halfen nur kurzfristig. Einen anderen Zahnarzt traute ich mich nicht aufzusuchen, wovon hätte ich ihn bezahlen sollen, dachte ich mir. Also auf meinen Zahnarzt warten, ein Wochenende war noch durchzuhalten.

Der Mann in der Familie, bei der ich als Au-pair arbeitete, war Apotheker und auch mein Medikamentenlieferant. Als er sah, dass meine Schmerzen fast nicht auszuhalten waren, gab er mir für das Wochenende drei morphinhaltige Tabletten mit der strikten Auflage, jeden Tag nur eine zu nehmen, und das nur im äußersten Fall. Also, allein in meinem Dachbodenzimmer, nur der Zahnschmerz an meiner Seite, an meiner linken Gesichtsseite, und doch den ganzen Körper beherrschend und auch meinen Geist und mein Gefühl, nahm ich so ein kleines Ding von einer Morphiumtablette und wartete, was passieren würde. Es passierte nicht wirklich etwas. Die Schmerzen blieben, also eine zweite nehmen. Abwarten, aber die Schmerzen blieben, vielleicht etwas vermindert, aber immer noch viel zu stark. Verzweiflung kam auf und mir war dann auf einmal alles egal, ich schluckte auch die dritte Tablette, nur um dieser Schmerzhölle zu entfliehen.

Nach einer Weile pochte der Schmerz nur mehr ganz leicht in weiter Entfernung, man konnte diesen Restbestand an Unbehaglichkeit zur Seite schieben, dafür kam ein ganz neues Empfinden daher. Eine dumme Fröhlichkeit war auf einmal da, die mich alleine vor mich hinlachen ließ, die mich hieß, hinauszugehen und durch die Straßen zu laufen. Was heißt laufen – schweben, ich befand mich plötzlich einen halben Meter über dem Boden, so schwebte ich die sechs Stockwerke auf der dunklen Treppe hinunter und segelte durch Paris. Es war ein lustiger Gang durch die Straßen von Paris, am Seineufer, auf meinen bevorzugten Spazierwegen, irgendwie segelte ich dahin, flog wie ein Vogel und hatte nur heitere und fröhliche Gedanken. Ein herrliches Gefühl. Wenn ich an diesen Zustand denke, verstehe ich, dass Menschen mit unlösbar scheinenden Problemen Drogen nehmen, denn die ganze Welt war rosarot und leicht. Auch das Nachhausekommen und das Hinaufschweben zu meinem Zimmerchen war noch lustbetont und der Schmerz kaum mehr vorhanden. Also schlafen. Ein paar Stunden gut und fest schlafen.

Dann kam es – fürchterliche Alpträume, Angstzustände, Beklommenheit, Schweißausbrüche, schreckliche Wahnvorstellungen. Es war entsetzlich. Der Preis für Schmerzfreiheit für eine kurze Weile und das Losgelöstsein von der Wirklichkeit war ein sehr hoher, ein schrecklicher. In jener Nacht wurde ich immun gegen alle Drogen der Welt, und ich kann mir gar nicht vorstellen, dass jemand, der diese Erfahrung gemacht hat, jemals wieder solche Dinge in seine Nähe lässt.

Ich habe in Paris vieles gewonnen. Und einiges verloren, unter anderem einen Stockzahn. Und eine eventuelle spätere Neugier auf Drogen.

*

Das ist die Geschichte des Gruselns, nein, wenn ich ehrlich bin, der Angst. Als Kind habe ich das Märchen gelesen von einem, der auszog, das Gruseln zu lernen. Dieser Person glich auch ich in jener Nacht in meinem Kämmerchen am fast unbewohnten Dachboden in Paris, und wenn mir jemals die Haare zu Berge gestanden sind oder das Herz ausgesetzt hat, dann damals.

Die Hälfte des Dachbodens, in der ich wohnte, war ansonsten (von Menschen) unbewohnt, alle anderen Räume waren Abstellkammern. Die zweite Hälfte des Dachbodens auf der anderen Seite hatte ich nie betreten und so gut wie nie jemanden getroffen.

Ich hatte wieder einmal die halbe Nacht gelesen und gerade das Licht ausgemacht und war bereit, mich in Morpheus Arme zu begeben. Plötzlich hörte ich Geräusche. Laute, langsam gesetzte Schritte kamen die Stiege herauf. Nein, das ging mich nichts an, sie mussten in den anderen Teil des Hauses gehen, hier, auf meiner Seite, wohnte doch niemand. Doch, sie kamen in meine Richtung, die Schritte. Schritte? Das war ein tappendes Poltern, ein drohendes Aufprallen von etwas sehr Schwerem, dann wieder ein Stehenbleiben, ein die Holzwände Betasten; und es kam immer weiter in meine Richtung. Wie weit? Mein Zimmerchen war doch das vorletzte am Ende des Ganges, da ging es nicht weiter.

Das waren keine Schritte eines Menschen, so ging man nicht, das klang wie ein Ungeheuer aus einem Edgar Wallace Film (die nicht ganz Jungen unter euch erinnern sich sicher noch an diese Gruselfilme). Man konnte sich förmlich die Fratze zu diesen bedrohlichen Geräuschen vorstellen. Und jetzt! Das Monster blieb stehen und versuchte eine Tür aufzusperren! Gelang ihm nicht. Weitertrampeln in meine Richtung, wieder der Versuch, eine Tür aufzusperren, es war schon die Tür neben meinem Zimmer, aber auch das gelang nicht. Weitertasten schwerer Hände an der Holzwand, Stehenbleiben vor meiner Tür, das Hin- und Herkratzen des Schlüssels und der Versuch, ihn in das Schlüsselloch zu stecken. Blut schwitzen. Seit damals weiß ich, was das heißt. Das Herz bleibt stehen, auch das weiß ich nun aus eigener Erfahrung. (Zum Glück ist mir das Herz nicht wirklich stehen geblieben, sonst könnte ich euch diese Geschichte jetzt nicht erzählen.) Endlich ging er weiter, dieser zum Alptraum gewordene Spuk, versuchte sein Glück bei der letzten Tür am Gang, wieder ohne Erfolg, kehrte um und wiederholte noch einige Male das Gleiche an den Türen der gegenüberliegenden Wand, doch nirgends gelang es ihm, ein Schloss aufzusperren. Die Schritte entfernten sich, gingen in den anderen Teil des Dachbodens, bis ich nichts mehr von ihnen hörte.

Durchatmen und irgendwann dann doch einschlafen können.

Am nächsten Morgen erzählte ich diese schreckliche Geschichte sofort meiner Madame. Sie wusste auch nicht, was das zu bedeuten hatte. Aber Madame la Concierge, die gute Seele, die alles herausfand, was im Haus so vor sich ging, vergleichbar mit einer Wiener Hausmeisterin (aber einer von der guten alten Sorte, und dabei war die französische Ausgabe dieser Berufsgruppe mit noch mehr Kompetenz ausgestattet, mit allen Schlüsseln und allen pikanten Neuigkeiten), fand Folgendes heraus: Ein Bewohner des anderen Dachbodentraktes, ein Kellner, ein trinkfreudiger Kellner, hatte nicht nur etwas über den Durst getrunken an jenem Abend, sondern war so sternhagelvoll, dass er die Orientierung verlor und nicht mehr in sein Zimmer fand. Bis oben voll mit Alkohol suchte er dann eben das passende Schloss zu seinem Schlüssel. Die Fama erzählt, er hätte sein Schlüsselloch und sein Bett, das er dringend brauchte, schlussendlich doch gefunden.

Ich habe damals auch etwas gefunden – den Glauben, dass alles, was im ersten Moment schrecklich ausschaut, nicht wirklich so schlimm ist und dass vieles davon eine ganz harmlose Erklärung hat. Es mangelt uns nur an Phantasie, uns das Richtige auszudenken.

*

Wenn wir schon so lange bei meinem Au-pair-Dasein sind – da gibt es noch etwas Unterhaltsames zu erzählen. Eigentlich ist das die Geschichte, die ich nicht bis zum Ende erlebt habe und von der ich nicht weiß, wie sie ausgegangen wäre.

Die Familie, für die ich arbeitete, war sehr nett. Die Frau war sehr nett, der Mann war sehr nett und die Kinder waren auch sehr nett. Das Mädchen war etwa zwölf Jahre, der Junge cirka sechzehn, und wir hatten oft Spaß mitsammen, z. B. als es (für mich) das erste Mal Artischocken zu essen gab. Ihr könnt euch das heute wahrscheinlich nicht vorstellen, dass ein Mensch, der vierundzwanzig Lenze zählt, so wie ich damals, nicht weiß, was er mit solch grünen Dingern am Teller anfangen soll. Eingedenk Mutters Lehren als Kind (ihr wisst schon, das mit den Augen Stehlen), vielfach erprobt und erfolgreich angewendet, wartete ich also ab, wie die beiden Kinder (ich aß meistens nur mit den Kindern zu Mittag, wenn sie von der Schule kamen, die Frau wartete fast immer mit dem Essen auf ihren Mann) diese Sache angehen würden. Aber junge Menschen sind sehr schlau und haben eine gute Beobachtungsgabe, und diese beiden sehr intelligenten Kerlchen fragten mich ganz unschuldig, ob ich denn schon einmal diese Speise gegessen hätte. (Trüffel!!!, echte Trüffel, die wir kurz zuvor zubereitet bekommen hatten von der Hausfrau, und nicht nur ein paar Späne irgendwo darüber gerieben, sondern jeder großzügig ein paar

Knollen auf seinen Teller, hatte ich auch zum ersten Mal gegessen und keine Anstalten gemacht, irgendwelche erstaunten Purzelbäume zu schlagen oder Oho-Ausrufe zu tätigen, und auf die Frage, ob es mir schmeckte nur gesagt: „Ja, ganz gut." Somit hatten sie erkannt, dass ich ein kulinarischer Banause war.) Ich kannte damals auch keine Artischocken und war den jungen Leuten hilflos ausgeliefert. Sie bestanden darauf, dass ich den Anfang machte. Ich bin kein Spaßverderber. Vielleicht erzählen sie heute noch ihren Kindern oder sogar schon Enkelkindern, wie sich so ein Au-pair-Mädchen aus Österreich beim Artischocken-essen angestellt und nicht gewusst hat, dass man nur die Böden abnagt und nicht in die harten Blätter beißt.

Aber ich will ja etwas ganz anderes erzählen. Von anderen Sitten. Und anderen Gebräuchen, von denen ich damals auch keine Ahnung hatte, und erst viel, viel später traf es mich wie eine Erleuchtung, wie naiv ich durchs Leben gegangen war (oder immer noch gehe?). Wie gesagt, alle waren sehr, sehr nett zu mir, nicht nur die Kinder. Auch die Frau. Und der Mann. Nach dem Mittagessen und Abwasch und Wegräumen tranken wir drei Erwachsenen immer gemeinsam Kaffee und man behandelte mich wirklich wie eine liebe Freundin und nicht wie eine Hausangestellte. Die Frau nahm mich öfter mit zu einer Ausstellung oder einem anderen netten Ereignis am Nachmittag. Sie sagte auch, dass sie hoffte, dass ich ihr Briefe schreiben würde, wenn ich wieder in meine Heimat zurückgekehrt wäre, was ich natürlich bejahte. Das vorige Au-pair-Mädchen hätte ihr das ebenfalls versprochen, aber dann nie auch nur eine Zeile geschrieben. Dann sagte sie einmal, dass sie im Sommer immer mit den Kindern ans Meer fahren würde, und dass ich dann für Monsieur den Haushalt führen müsste, das wäre jedes Jahr so, dass sie ohne ihren Mann wegfahren und das Au-pair-Mädchen für ihn sorgen würde. Ihr Lächeln dabei war ein besonders freundliches. Aber sie war ja immer sehr nett. Auch Monsieur war nett, wie schon gesagt. Manchmal schenkte er mir Parfum, und wenn er dann nach dem Mittagessen den Kaffee zubereitete – das tat er immer – und allein mit mir in der Küche war, schenkte er mir noch nettere Worte, es gab die eine oder andere, wie es schien, zufällige Berührung, wobei sein Atem etwas heftiger wurde, dem ein noch netteres Lächeln folgte.

Das war schon die Geschichte. Ich hatte im Oktober bei der Familie zu arbeiten begonnen und hatte vorgehabt, bis Ende Sommer zu bleiben. Das war so ausgemacht. Aber dringende persönliche Angelegenheiten (ihr habt doch alle meinen „Windhauch" gelesen) ließen mich dann schon viel früher Hals über Kopf Paris verlassen, und wer dann für Monsieur sorgte, als der Rest seiner Familie auf Urlaub fuhr, entzog sich meiner Kenntnis.

Ihr meint, das sei eine dürftige Geschichte. Wartet ein wenig.

Viele Jahre später las ich ein Buch. (Wie gesagt, ich lese viel, oder zumindest habe ich viel gelesen, als meine Augen noch gut waren, und sollten sie wieder besser werden, werde ich wieder sehr viel lesen.) Ich las also ein Buch. Den Titel habe ich vergessen, ich weiß nur mehr, dass die Autorin ihren Aufenthalt in Paris in jener Zeit (als auch ich in dieser Stadt wohnte) und die Gebräuche in der feineren Gesellschaft beschrieb. Und sie sagte doch tatsächlich, dass es damals (wie es heute ist oder sein soll, weiß ich nicht) in diesen Kreisen üblich war, sich sein Au-pair-Mädchen nach dem Geschmack des Hausherrn auszusuchen (den in meinem Fall offensichtlich auch seine Frau kannte, denn ich hatte mich bei Madame vorgestellt), dass es so gehandhabt wurde, dass die Frau mit den Kindern Ende Sommer auf Urlaub fuhr, und der Ehemann dann grünes Licht hatte für eine Liebschaft mit dem Au-pair-Mädchen, und dass die Frau ihrem Angetrauten dieses Abenteuer nicht nur gönnte, sondern alles für ihn einfädelte, damit er auch eine schöne Zeit hätte. Dann erst, viele Jahre nach meinem Parisaufenthalt, fiel es mir wie Schuppen von den Augen, für welch Frischzellenkur ich vorgesehen gewesen war. Ich hoffe für den armen Monsieur, dass noch rechtzeitig Ersatz für mich gefunden wurde.

*

Bevor ihr meiner Geschichten müde werdet, möchte ich schön langsam zum Ende kommen, denn nichts ist mühsamer als ältere Menschen, die nicht aufhören können, von den alten Zeiten und von sich selbst zu erzählen und immer auf der Suche nach einem Opfer sind, das ihnen zuhört.

Deshalb finde ich es viel weniger grausam, euch dieses Büchlein zu schenken. Ihr seid nicht gezwungen, mir zuzuhören, ihr müsst es gar nicht lesen, ihr könnt es jederzeit zumachen, weglegen, es als Klolektüre verwenden oder es im Warte-zimmer beim Arzt lesen und dort vergessen.

An wie viele Menschen ich dieses Büchlein überhaupt verschenken werde, wollt ihr wissen. Es werden wohl so vierzig, fünfzig sein, die ich mit diesen Seiten beglücken will. Vierzig, fünfzig?, sagt ihr, so viele Freunde kann man gar nicht haben. Kann man nicht? Menschen, mit denen man ein Stück Weg gemeinsam gegangen ist in diesem langen Leben, das nun bereits hinter mir liegt, Menschen, mit denen man sich gut verstanden hat und deshalb der Kontakt nie ganz aufgehört hat. Für mich sind die Menschen, die in meinem Leben Bedeutung haben, wie ein riesengroßes Auditorium, in dem jeder seinen Platz hat.

Da gibt es die, die in der ersten Reihe sitzen, mit denen ich so viele Berührungspunkte habe, dass sie sich ganz in meiner Nähe befinden. Dann gibt es eine zweite Reihe und eine nächste und eine weitere und so fort, aber nichts ist starr und für immer festgelegt. Interessen sind so vielfältig und wechseln, und die Distanzen im Leben zu seinen Mitmenschen verändern sich auch. Die Lebenswege laufen manchmal auseinander, die örtlichen Entfernungen werden oft sehr groß, die Anforderungen des Lebens lassen uns dann wieder nicht die Zeit aufbringen, liebe Bekanntschaften zu pflegen. Und so wechselt man in diesem Beziehungsspiel ständig seine Plätze, manche aus den vorderen Reihen werden oft nach hinten gedrängt, vielleicht von anderen, die sich vorne hinsetzen, oder vielleicht, weil sie selbst anderes, für sie Wichtigeres, zu tun haben. Neue Gesichter erscheinen und werden wichtig. Einige bleiben immer in der Nähe, andere entschwinden schön langsam in der Ferne des um sich greifenden Lebens.

Aber irgendwann trifft man sich wieder, ruft sich an, und dann ist es sehr oft so, als ob nicht Jahre dazwischen lägen, dann kann man dort weitermachen, wo man vor langer Zeit aufgehört hat, miteinander zu reden. (Inge – sage ihnen, vierzig Jahre Nichtsehen sind wie ein paar Monate, wenn es davor eine gute Freundschaft gewesen ist.) So mancher aus dem Dunst der Vergangenheit sitzt dann wieder in der ersten Reihe. Und selbst mit jenen, die im Nebel des Lebens verschwunden sind, bleibt man irgendwie verbunden, und so manches Vergangene erzeugt ein warmes Gefühl, wenn man daran denkt. Eigentlich sind es viel mehr als vierzig oder fünfzig Menschen, es sind sicher hunderte, denen ich sagen möchte, dass es schön war, sie ein Stück meines Lebens in der Nähe gehabt zu haben, interessante Gespräche mit ihnen geführt zu haben, sie als Nachbarn gehabt zu haben oder als Kollegen.

Nur ganz, ganz selten ist da eine Person, die über den Rand dieses riesigen Lebenstellers fällt und für immer verschwindet. Und dann ganz einfach nicht mehr da ist. So wie die eine in meinem Leben. Dir werde ich das Büchlein sicher nicht schenken, aber sollte es doch in deine Hände gelangen – ich bin dir gar nicht mehr böse, eigentlich tust du mir leid. Mir hast du zwar etwas entwendet (Gott sei Dank etwas, das man um Geld, wenn auch um viel Geld, wieder kaufen kann), aber dir selbst hast du geschadet. Und dich aus meinem Leben gestrichen zu haben, das hat mich sicher nicht ärmer gemacht.

*

Ich bin vor Kurzem gefragt worden (neuerdings, seit es sich herumgesprochen hat, dass ich eine Schriftstellerin bin, werde ich viele gescheite Dinge gefragt), was ich denn für einen Berufswunsch gehabt hätte in jungen Jahren. Ich muss zugeben, dass ich nicht viele Ideen hatte, ich hatte nur zwei Wünsche, und zwar in dieser Reihenfolge: Ich wollte Tänzerin werden (heute würde man meine damalige Vorstellung einer Tänzerin als Musicaltänzerin bezeichnen, nur wusste man damals noch nichts von einem Musical) und nachdem ich sehr bald herausgefunden hatte, dass das nicht ging, weil es an der nötigen Ausbildung mangelte, verlegte ich mich auf die Vorstellung von einer Schriftstellerin. Es war ein Traum, aber ich legte ihn in eine Lade, in eine ganz unten, hinten in das letzte Winkerl, denn das Leben verlangte soviel anderes von mir, dass ich gar keine Zeit hatte, diesen Traum weiter zu pflegen. Was ich zu tun hatte? Leben musste ich, leben. Wie dieses Leben werden sollte, das musste ich zwar erst herausfinden, aber ich hatte ein Ziel – ich wollte so leben, dass ich dann, wenn ich ganz alt sein würde (ich glaubte schon immer, dass ich die Gene meiner lange lebenden Großeltern hätte) und ich fortgehen müsste aus dieser Zeit, hinüber in eine andere, dann wollte ich dasitzen und sagen können: „Jaaa, das war es, mein tolles Leben, es war gut, wie es war!" (Toll werde ich damals wohl nicht gedacht haben, cool auch nicht, ich weiß nicht mehr, welche Attribute wir Jungen in jener Zeit verwendet haben, grandios vielleicht oder aufregend oder so ähnlich.) Könnt ihr euch vorstellen, wie anstrengend das ist, so zu leben? Aber das wisst ihr ja selbst. Die Suche nach dem Sinn, nach dem Glück, nach Aufregung und Abenteuer. Und dann neben Ehefrau und Mutter sein und Hausfrau und all den anderen Anforderungen des täglichen Lebens nie aus den Augen verlieren, dass es das Leben ist, das da geschieht, das gelebt wird, das vergeht und sich nur im gegenwärtigen Augenblick spüren lässt. Aber immer hinhorchen in dieses Weitergehen, diesen stetigen Schritt der Zeit wahrnehmen, das ist es, was für mich die Intensität des Lebens ausmacht, dabei manchmal ganz ruhig dasitzen und fühlen, wie die Zeit vergeht, wie voll die Stille mit Leben ist.

Das mit dem tollen Leben und dass es gut war, wie es war, das kann ich jetzt schon sagen, obwohl ich vorhabe, mit dem lieben Gott noch ein paar Jährchen im Diesseits auszuhandeln. Ich glaube, es erleichtert das Fortgehen von hier, wenn man mit seinem Leben zufrieden ist, wenn man es bewusst gelebt hat, wenn man sein Schicksal angenommen hat.

Da hatte ich nicht so viel Zeit zum Schreiben. Gedichte habe ich geschrieben, seit ich fünfzehn bin, die eine oder andere Kurzgeschichte, von denen nur mehr Fragmente auffindbar sind, Tagebücher, seitenlange Briefe an Freundinnen. Bei meinen vielen Ortswechseln ist vieles verloren gegangen. Ich habe nachgerechnet: Auf vierund-zwanzig Wohnsitze habe ich es gebracht, natürlich ohne Urlaubsadressen, das nachzuzählen wäre eine nicht zu bewältigende Aufgabe, nein, vierundzwanzig Plätze, wo ich ordentlich gewohnt habe mit Lebensutensilien deponieren und zur Arbeit gehen oder früher eben Kind sein in der Familie. Dabei wohne ich jetzt in diesem Haus schon mehr als zwei Jahrzehnte. Es ist eben wie bei einem Adventkalender, wenn man das vierundzwanzigste Fenster aufgemacht hat, ist man am Ziel, und egal, wie turbulent der Weg vorher war, findet sich dann irgendwann einmal der Platz, wo man gerne ausruht und sagt: Hier verweile ich, es ist so schön. Turbulent habe ich gesagt? Ja, turbulent, jahrelang habe ich mich wie ein losgerissenes Blatt, das im Herbstwind treibt, gefühlt und erst im Laufe vieler Jahre habe ich gelernt, die Richtung des Dahinsegelns selbst zu bestimmen. Skurrile Wohnadressen sind dabei gewesen, nicht nur jene Dachbodenkammer in Paris, von der ich euch erzählt habe. In Stockholm, wo ich in jungen Jahren vier Monate gelebt habe, habe ich eine Zeit lang in einem Frauenhaus gewohnt. Nein, kein wütender Ehemann hat mich in die Flucht geschlagen, ich bin dort gelandet, ohne gewusst zu haben, wo ich mich eigentlich befand. Man sagt, man soll zuerst denken und dann sprechen, das tue ich auch immer. Aber im intensiven Vor-mich-Hinleben geschieht es mir recht oft, dass ich zuerst lebe und erst später nachdenke, wo ich bin und was ich da eigentlich mache. Da stürze ich mich in den Strom des Lebens und nachher merke ich erst, durch welch tiefe Wasser ich manchmal geschwommen bin.

Als ich damals mit zwanzig von zu Hause weggegangen und eine Weile in Wien gearbeitet hatte, kam die Zeit, wo mir auch diese Stadt zu eng wurde und ich unter schrecklichem Fernweh litt. Heute setzt man sich in ein Flugzeug, fliegt in ferne Länder und stillt damit seine Abenteuerlust. Damals gab es diese Möglichkeit nicht, außerdem hatte ich kein Geld für einen Urlaub. Bei all meinen Aufenthalten im Ausland konnte ich immer nur das Geld für eine Hinfahrkarte zusammenkratzen, den Aufenthalt und die Rückfahrt musste ich mir erst dort im Land verdienen. Was tat ich also? Ich ging auf die schwedische Botschaft, bat um ein Telefonbuch und suchte mir Adressen von Hotels heraus (aber nicht um dort Urlaub zu machen, sondern um zu arbeiten), schrieb etwa zwanzig Bewerbungsschreiben und fand eine Arbeitsstelle als Stubenmädchen in einem Hotel in Stockholm. Alles klappte, ich besorgte mir eine Arbeitsbewilligung und nach einer langen Bahnfahrt (36 Stunden war ich unterwegs mit kurzem Stopp in Kopenhagen) kam ich an. Das Hotel war wunderschön, ein eleganter, moderner Aus- und Zubau einer alten Burg, mit Blick auf einen weiten Meeresarm und eine lange Brücke, die Lidingö (so hieß diese Insel, die ein Stadtteil von Stockholm war) mit der Innenstadt verband. Es gefiel mir, an einem so erlesenen Ort zu arbeiten. Nur zum Wohnen für mich gab es keine Möglichkeit (im Brief hatte man mir versichert, dass man sich um meine

Unterkunft kümmern würde), denn alle Zimmer in der Nähe, die sonst für die Hotelangestellten zur Verfügung standen, waren belegt. Also gab man mir eine Adresse, wo ich ein billiges Zimmer erhalten sollte, eine seriöse Einrichtung, sagte man mir, für in Not geratene Frauen. (In Not fühlte auch ich mich, da ich keine Unterkunft und schon so viele Stunden Bahnfahrt hinter mir hatte, sitzenderweise, ohne Liegewagen, ich war ja zum halben Preis mit der Ökista gefahren.) Alles, was ich verstand war, dass ich an dieser Adresse wohnen und mich dort endlich in ein Bett legen könnte. Ich wurde auch freundlich in ein sehr, sehr bescheidenes Zimmerchen gebracht und wunderte mich, was für ein Haus das war. In der darauffolgenden Zeit merkte ich schon, dass es lauter in Not geratene Frauen waren, vom Leben an den Rand der Existenz gedrängt, die hier eine Zuflucht fanden. Manche der Frauen wirkten verhärmt, verweint, rauchten viel, manche tranken auch, aber es gab so gut wie keine Unterhaltung mit ihnen, sie sprachen alle nur Schwedisch, außer der Leiterin des Hauses, aber auch diese Verständigung war manchmal schwierig, ich sprach ja außer „skål" (also das wichtigste Wort, „Prost") kein Wort Schwedisch, und die Mischung aus Deutsch und Englisch, mit der wir uns unterhielten, war nicht immer ohne Missverständnisse. In der Nacht hörte ich oft Klopfen an Fenstern, manchmal Gemurmel von Männerstimmen, obwohl man mir gesagt hatte, Männern wäre der Zutritt verboten. Aber mir war das alles ziemlich gleichgültig, ich kam ohnehin nur zum Schlafen an diese Stätte, und mein Schlaf war damals noch ein sehr guter.

Nach einem Monat fand ich dann doch noch ein anderes Zimmer, gemeinsam mit Gerda, einer österreichischen Arbeitskollegin, ein sehr nettes Zimmer im Haus eines Architektenehepaares, und abgesehen davon, dass meine Kollegin behauptete, Schlafwandlerin zu sein und besonders in Vollmondnächten schlafenderweise umherzugeistern, hatten wir eine sehr schöne Zeit mitsammen. (Dass sie tatsächlich schlafwandelte, konnte ich aber nie feststellen, trotz der hellen Nächte im Sommer in Stockholm – nur zwischen 23 Uhr und 2 Uhr morgens war es einigermaßen dunkel – und wir hatten auch gar keine Vorhänge vor unserer Balkontür in diesem modernen Designerhaus, aber, wie gesagt, damals schlief ich noch wie ein Baby. Darauf, dass nirgends Messer oder andere bedrohliche Gegenstände umherlagen, achtete ich aber dennoch.) Über meine vorige Wohngelegenheit in dieser Stadt dachte ich nie mehr nach, bis ich dann, Jahre später, als ich in Österreich von der Einführung der Frauenhäuser als Zufluchtsstätte für Frauen hörte, erkannte, dass ich in genau so einem Haus auch schon einen Monat verbracht hatte. Man versteht eben nur das, was man kennt.

*

Da ihr immer alle so kreativ seid in eurer Kritik an meinen Geschichten, höre ich einige von euch sagen, nun ginge dieses Büchlein zu Ende und es stünde schon wieder nichts über meine Kinder darinnen, noch dazu, wo ihr alle wisst, welch hohen Stellenwert sie in meinem Leben einnehmen. Meine Töchter sollen ihre Geschichten selbst schreiben, ich will ihnen da nicht vorgreifen. Aber ich überspringe eine Generation, und für die, die unbedingt eine Geschichte über Kinder hören wollen, hier ganz kurz etwas über meinen Enkel Paul, zum Zeitpunkt des Geschehens gerade 21 Monate alt.

Paulchen war wieder einmal mit seinen Eltern für zwei Wochen bei Oma (das bin ich). Der Rauchfangkehrer wurde erwartet und ich erklärte dem kleinen Buben, dass er sich nicht vor ihm fürchten müsste, er wäre nur schwarz von seiner Arbeit und im Übrigen ganz lieb. Als er dann kam, der Rauchfangkehrer, und in der Diele stand, sah ihn Paul ganz genau und mit ernster Miene an und ich meinte schon, dass er nun doch Angst bekäme, da rief er ganz laut in das Zimmer hinein: „Mama, schwarzer Mann, Dusche!"

Diese Geschichte schreibe ich nicht nur, um euren Querelen zu entkommen, sondern auch, weil sie beweist, dass ich meinem Erziehungsauftrag nachgekommen bin, dass ich nicht nur meine Töchter zu sauberen, ordentlichen Menschen erzogen habe (ja, ich, die ich so tolerant dem Chaos gegenüber bin), sondern dass diese von allen eingeforderte Tugend der Sauberkeit auch an die nächste Generation weitergegeben wird.

*

Die ganz Schlauen unter euch fragen mich nun natürlich, wie ich zu zwei Töchtern und einem Enkel gekommen bin, wo doch bis jetzt keine Zeile über einen Ehemann in diesem Büchlein vorkommt. Natürlich habe ich das alles erlebt, was so dazugehört zu einem Eheleben: von den Schmetterlingen im Bauch und den jauchzenden Glücksmomenten bis zu den vielen einsamen Tränen, die aber dann doch mit der Zeit versiegt sind. Wie bei so vielen anderen Menschen eben auch. Es ist mir nur noch nicht das Richtige eingefallen, was ich erzählen könnte über einen Ehemann, der mir irgendwann abhandengekommen ist. Etwas Negatives will ich nicht erzählen, das ist nicht meine Art, das Leben zu betrachten. Es sollte schon etwas Positives sein, ohne in ferner Vergangenheit wühlen zu müssen und halbvergessene Liebesschwüre auszugraben.

Vielleicht diese Geschichte: Vor vielen Jahren, als meine ältere Tochter siebzehn war, flog ich mit ihr und einer ganzen Reisegruppe für eine Woche nach Moskau. Dort wurden wir von örtlichen Betreuern jeden Tag in einem alten, klapprigen Bus durch Moskau und Umgebung kutschiert und wir sahen sehr viele Sehenswürdigkeiten und auch den Alltag im damaligen Russland. Im halbleeren Bus setzte sich jeder hin, wo er wollte, konnte auch während der Fahrt den Platz wechseln, und es herrschte eine recht kameradschaftliche Stimmung. Es war auch ein Mann dabei, der ständig Kontakt mit den anderen Menschen aufnahm, viel Spaß machte und sich irgendwie verpflichtet fühlte, alle zu unterhalten. Dazu setzte er sich einmal zu diesem und ein andermal zu einem anderen. Seine mitreisende Ehefrau hatte da gar nichts dagegen. (Ob sie froh war, dass sie ihre Ruhe hatte, kann ich nicht sagen und wage es auch nicht zu behaupten.) Das viele Reden musste dem Reisegenossen aber irgendwie zugesetzt haben, denn es geschah recht oft, dass er dann bei längeren Fahrten plötzlich einschlief und sein Kopf an den Arm des Nächstsitzenden fiel. Auf diese Art kam auch in den Genuss, dass er ein kurzes Schläfchen an meiner Schulter hielt.

Nein, nein, mein Ehemann war nicht dabei, der kommt erst später in diese Geschichte, Jahre später, eben in dieser Ballnacht, von der ich erzählen will: Es war der schönste Ball des Jahres in unserer kleinen Stadt, man tanzte, traf viele nette Bekannte - ein gelungenes Fest. Wir standen in einer Runde von einem guten Dutzend Leuten und unterhielten uns. Plötzlich kam das vorhin erwähnte Ehepaar von der Moskaureise in unseren Kreis und nach ein paar Sätzen sagte der Mann laut und deutlich, damit es jeder hören könne, zu meinem Mann: „Bei Ihrer Frau habe ich auch schon geschlafen." Was ja den Tatsachen entsprach. Alle erstarrten und es wurde mucksmäuschenstill in unserem Kreis.

Und da ist es nun, das Positive, das ich von meinem Ehemann erzählen will: Er wurde nicht zum rasenden Othello (eine Rolle, die er in den ersten Jahren unseres Zusammenlebens sehr wohl des Öfteren geprobt hatte), er warf keinen Handschuh in das Gesicht seines (könnte man ja meinen) Kontrahenten, er forderte ihn nicht zum Duell, es passierte kein Unglück, niemand kam zu Schaden, nicht einmal einen wutentbrannten Blick warf er mir zu, er atmete sogar ganz leise und sagte kein Wort, bis ich mich dann doch beeilte zu sagen: „Ja, an meiner Schulter im Autobus in Moskau, damit Ihre Frau endlich den Fensterplatz haben konnte." Alle atmeten auf.

Eigentlich wollte ich diese Geschichte als Beweis dafür schreiben, wie sehr mir mein Mann vertraute, an mich glaubte, mir nichts unterstellte, was noch nicht bewiesen war, wie vorbildlich er sich verhielt. Denn schlussendlich lachten alle Anwesenden (erleichtert) und auch mein Mann stimmte in das Gelächter ein. Aber nun kommen mir Bedenken. Hätte er nicht vor Eifersucht ausrasten müssen? Hätte er nicht eine Erklärung fordern müssen, anstatt ganz ruhig dazustehen? Jetzt, mit der schärfer sehenden Schwachsichtigkeit meiner Augen erkenne ich erst, dass er mir damals schon (nicht erst heute auf meine alten Tage) gar keinen Liebhaber zugetraut hat. Und nun frage ich mich: War das ein gutes oder ein schlechtes Zeichen?

*

„Das war jetzt aber nichts über die Liebe", sagt ihr. Über die Liebe hast du noch gar nichts erzählt! Was ist damit?"

Ja, da fällt mir schon etwas ein. Als wir damals unser Haus bauten und Dachgleiche mit einigen Handwerkern und unseren Architekten feierten, war das genau der Tag, an dem mein Mann und ich uns vor vielen Jahren kennengelernt hatten. Voll Stolz verkündete ich, dass es heute fünfzehn Jahre wären, dass ich zufällig als Nachbarin neben einem jungen Studenten eingezogen war und nun blickten wir schon auf so viele gemeinsame Jahre zurück.

„Ach, fünfzehn Jahre, was ist das schon? Fünfunddreißig sind es bei mir!", sagte unser Architekt Lindenbauer. „Na ja", antwortete ich, „fünfzehn Jahre sind schon etwas, wenn es so lange gut gegangen ist, warum sollte es dann nicht auch fünfunddreißig und mehr halten?" – „Dirndle", kam seine mitleidige Stimme, „es ist ein weiter Weg von fünfzehn zu fünfunddreißig Jahren."

Wie oft habe ich an diesen Ausspruch von Ossi gedacht. Leider kann ich ihm nicht mehr sagen, wie recht er gehabt hat.

Ich höre euch schon sagen, das sei aber reichlich naiv von mir gewesen zu glauben, das Glück festhalten zu können, wisse ich denn nicht, dass das Glück ein Vogerl sei, das davonfliegt, wann immer es will.

Natürlich war das naiv von mir, und ich muss zugeben, ich bin heute noch naiv. Gott sei Dank dafür. Besser naiv sein als zu gescheit, denn naive

Menschen glauben nach wie vor an das Glück, und es kommt auch immer wieder zu ihnen, egal wie oft es fortgeht. Die gescheiten Leute aber, die alles besser wissen, denen ist immer bewusst, dass das Glück vergänglich ist, und deshalb glauben sie nicht mehr daran, und das Glück tut sich sehr schwer, zu ihnen zu kommen. Doch das Glück ist kein Dauerzustand, es wird nur in Momenten gemessen, in immer wiederkehrenden, atemberaubenden Momenten.

„Das ist es aber nicht, was wir von dir über die Liebe hören wollten. Wir wissen genau, dass du ganz anders darüber sprechen kannst. Also …"

Über die Liebe, die man selbst erlebt hat, ist es schwer zu berichten. Ich kann mir darüber wunderbare Dinge ausdenken und sie hineintippen in meinen Computer (siehe „Lorenz und die Frauen"), aber über wirklich Geschehenes zu schreiben ist nicht so einfach, da ist man sprachlos. Welche Worte man auch wählte, es wären die falschen und es gäbe sicher nicht genug von den richtigen. Diese Geheimnisse tief drinnen in uns, die wollen wir lieber für uns behalten, denn sie sind unser innerer Reichtum. Und wer gibt schon gerne aus seiner Schatzkammer die wertvollsten Stücke her? Vielleicht nach meinem siebzigsten Geburtstag, vielleicht öffne ich dann dieses Juwelenkästchen und lasse euch hineinblicken, aber niederschreiben werde ich auch dann nichts. Da werdet ihr schon zu mir kommen müssen, mit einer guten Flasche Rotwein in der Hand, ich zünde dann eine Kerze an, setze mich in den Schaukelstuhl, sehe euch tief in die Augen oder auch rückblickend in weite Ferne und erzähle vielleicht. Vielleicht. So wie jene alte Frau, die im Beichtstuhl dem Pfarrer das sündige Geschehen einer Liebesnacht beichtete. „Aber Theresia, du mit deinen siebzig Jahren, wie kommt denn das?", fragte verwundert der Priester. „Ach, Hochwürden, es ist ohnehin schon fünfzig Jahre her. Aber die Erinnerung ist halt so schön ..."

Erinnerungen aufzupolieren ist ganz einfach schön. Das tue auch ich mit diesem Büchlein.

Ich freue mich schon auf den guten Rotwein, den ich dann mit euch trinken werde. Inzwischen werde ich nachdenken.

*

Wie sagten die alten Leute, was an wichtigen Dingen ein Mann in seinem Leben tun müsse? – Einen Baum pflanzen, einen Sohn zeugen und ein Haus bauen. Ich bin zwar „nur" eine Frau, aber diese so genannten wichtigen Dinge habe ich auch erledigt, kann sie abhaken und mich nun mit Genuss den kleinen Begebenheiten widmen.

Einen Baum und auch mehrere und all die Sträucher und Blumen in meinem Garten, die habe ich gepflanzt.

Meine zwei Töchter habe ich geboren, die Söhne habe ich durch deren Heirat dazubekommen, auch den bereits vorhandenen Enkel und vielleicht noch weitere Nachkommen.

Das Haus ist gebaut, fest und stabil, und wird noch immer dastehen, wenn ich es nicht mehr bewohnen werde können. Deshalb habe ich mir noch viele andere Häuser gebaut.

Das Haus der Fantasie – darin kann ich wohnen, solange ich denken und fühlen kann, in diesem herrlichen Palast, schillernd und mit Türen, die immer jedem offen stehen, der Einlass begehrt. Seine Fenster sind verhangen mit Träumen, die Schleier der Hoffnung liegen als Teppiche zu Füßen und unsere Gedanken sind das Fortbewegungsmittel.

Das Haus der Erinnerung – mit meinen eigenen und auch euren, für die Platz ist, wenn ihr sie mir erzählen wollt.

Das Haus der Freundschaften – für das Zusammentreffen mit Freunden, mit euch allen, die ihr mir lieb seid. Und für diejenigen unter euch, die mich nicht besuchen kommen können, dehnt sich dieses Haus über alle Telefonleitungen der Welt. Und, glaubt mir, noch viel weiter hinaus.

Das Haus der Freude (ha, ha, ich weiß schon, was ich da schreibe. Und damit ihr mich nicht in ein neues Fettnäpfchen stoßt, betone ich hiermit, dass ich kein Freudenhaus meine), in dem ich mit euch allen fröhlich bin und euch einlade, zu kommen und mit mir zu lachen, wo immer ich wohnen werde. Denn Lachen ist ein Elixier des Lebens und schmeckt mindestens genauso gut wie Schokolade. (Bitte keine Schokolade mitbringen, meiner Figur tut das nicht gut. Besser ist, Lachen mitzubringen, das ist viel gesünder.)

Und das Haus der Liebe – dieses Haus ist in die Unendlichkeit gebaut und wird nie aufhören zu bestehen, und ich muss es nicht verlassen, wenn ich einmal endgültig fortgehe.

*

Jetzt habe ich euch viele unwichtige Dinge erzählt. Ich habe über mich erzählt. Etwas über mein Leben.

Denn es sind die vielen kleinen Geschichten, die uns passieren und unsere Tage füllen, während wir auf die großen Ereignisse warten, die irgendwann stattfinden. Oder auch nicht. Und am Ende kommen wir vielleicht drauf, dass es die kleinen Dinge waren, die unser Leben schön gemacht haben und dass sie in Wirklichkeit das Leben waren.

*

Geschrieben im November 2006